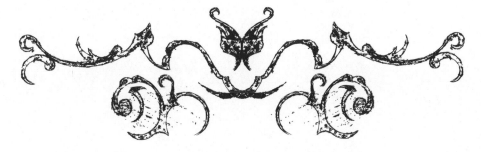

A SOMBRA DA TERRA DO NUNCA

Nikki St. Crowe

A Sombra da Terra do Nunca

Vicious Lost Boys – 2

São Paulo
2023

The Dark One - Vicious Lost Boys - vol. 2
Copyright © 2022 Nikki St. Crowe

© 2023 by Universo dos Livros

Todos os direitos reservados e protegidos pela Lei 9.610 de 19/02/1998.
Nenhuma parte deste livro, sem autorização prévia por escrito da editora,
poderá ser reproduzida ou transmitida, sejam quais forem os meios empregados:
eletrônicos, mecânicos, fotográficos, gravação ou quaisquer outros.

Diretor editorial
Luis Matos

Gerente editorial
Marcia Batista

Assistentes editoriais
Letícia Nakamura
Raquel F. Abranches

Tradução
Nilce Xavier

Preparação
Nathalia Ferrarezi

Revisão
Tássia Carvalho
Alline Salles

Arte e Capa
Renato Klisman

Dados Internacionais de Catalogação na Publicação (CIP)
Angélica Ilacqua CRB-8/7057

C958s	Crowe, Nikki St. A sombra da Terra do Nunca / Nikki St. Crowe ; tradução de Nilce Xavier. –– São Paulo : Universo dos Livros, 2023. 256 p. (Série Vicious Lost Boys, 2) ISBN 978-65-5609-620-9 Título original: *The Dark One* 1. Ficção norte-americana 2. Literatura erótica I. Título II. Xavier, Nilce III. Série
23-2062	CDD 823

Universo dos Livros Editora Ltda.
Avenida Ordem e Progresso, 157 — 8º andar — Conj. 803
CEP 01141-030 — Barra Funda — São Paulo/SP
Telefone: (11) 3392-3336
www.universodoslivros.com.br
e-mail: editor@universodoslivros.com.br

Para todas as garotas
que foram machucadas e
deram a volta por cima.

ANTES DE COMEÇAR A LER

A sombra da Terra do Nunca é uma versão reimaginada de *Peter Pan* na qual todos os personagens foram envelhecidos para ter dezoito anos ou mais. Este não é um livro infantil e os personagens não são crianças.

    Certos conteúdos deste livro podem funcionar como gatilhos para alguns leitores. Se quiser ficar inteiramente a par da sinalização de conteúdos em minhas obras, por favor acesse meu website:
<https://www.nikkstcrowe.com/content-warnings>

"[...] havia agora uma expressão de cobiça em seu olhar que deveria tê-la deixado alarmada, mas não deixou."

J. M. BARRIE, *PETER PAN*

1
PETER PAN

DUAS SOMBRAS SALTAM PARA FORA DA CAIXA EM MINHAS MÃOS. *Duas sombras.*

Sou pego tão desprevenido que deixo ambas escaparem.

Uma vai para a esquerda, desaparecendo entre os galhos da Árvore do Nunca, e a outra vai para a direita.

— Caralho! Peguem-nas!

A sombra à minha direita derruba várias garrafas de bebida, que se estilhaçam no chão, espalhando álcool por toda parte.

As folhas da Árvore do Nunca farfalham, e as pixies treme-luzem freneticamente.

Os gêmeos correm para a esquerda. Vane e eu vamos para a direita.

Vou para a sacada atrás da sombra – a *minha sombra*, porque poderia reconhecê-la em qualquer lugar. Ela já sumiu, saltando a balaustrada de pedra.

Faço igual e também salto, aterrissando dois andares abaixo com um grande baque. O impacto reverbera bem no meio da festa dos Garotos Perdidos, e todos eles olham bem a tempo de ver minha sombra pulando por cima da fogueira, deixando um rastro de brasas na escuridão.

Em menos de um segundo, Vane está ao meu lado.

— Ali! — Ele aponta para as sombras retorcidas perto dos arbustos de russélia.

Eu estalo os dedos para os Garotos Perdidos:

— Ninguém se mexe.

Sinto minha pele queimando e estou com o cu na mão. Há décadas espero esse momento.

A Sombra da Vida é minha por direito. Tenho de reivindicá-la. Não sei o que será de mim se não o fizer.

Vane e eu nos aproximamos com cautela, tentando cercá-la. Atrás de nós, os Garotos Perdidos assistem a tudo emudecidos, e, ao longe, os lobos começam a uivar.

A ilha sabe que a sombra retornou.

— Fique a postos para capturá-la se eu deixá-la escapar — digo a Vane.

— Sei como lidar com uma sombra — ele diz.

— Esse olho preto aí sugere o oposto.

Vane me responde com uma carranca.

Nós nos aproximamos.

Mais perto.

Sinto os pelos de meus braços e de minha nuca eriçados. Estou a menos de um metro. Prestes a recuperar o que é meu por direito.

Com o coração martelando, eu me aprumo, pronto para saltar no momento exato.

A sombra é minha. Será minha. Só tenho que...

Pulo para cima dela. A sombra se desvia e dispara para longe.

— Porra! — eu berro e saio correndo atrás dela junto de Vane.

A floresta abre caminho para a filha da puta, enquanto as folhas e os galhos puxam meus cabelos e minha camisa. Nós a seguimos até a lagoa, depois ao longo da costa e, enfim, de volta à floresta pela trilha que leva até a estrada.

Meu peito aperta conforme corremos. O suor escorre na minha testa, descendo pelas minhas costas.

Eu vou conseguir. Tenho de pegá-la.

Saímos da trilha e chegamos à estrada de terra, então descemos mais uns três quilômetros e...

— Vane! — grito. — Estamos ficando para trás.

— Eu sei! — ele grita de volta. — Estou vendo.

Apertamos o passo. A sombra deve ter pressentido, porque sai voando pelo céu noturno como se tivesse saído de um pesadelo. E talvez tenha mesmo. Meu pesadelo particular. Porque nada mais importa se eu não a tiver de volta.

O tempo está acabando, o que resta do meu território encolhendo.

— Vane!

Ele tenta agarrá-la, mas a sombra corre na direção oposta, salta do tronco de uma árvore. Dou um pulo para tentar capturá-la, mas só agarro o vento, frio e certeiro.

É tarde demais.

Tão perto e ao mesmo tempo tão longe.

A sombra escapa de mim e se afasta depressa.

Desaparecendo na escuridão do território do Capitão Gancho.

KAS

As folhas da Árvore do Nunca estremecem conforme a sombra corre em volta dos galhos. As pixies se apagam e tudo fica escuro.

— Está vendo onde ela está? — Bash pergunta.

— Logo ali — respondo.

A sombra está agachada entre dois ramos da árvore.

Se tivesse minhas asas, bastaria voar para pegá-la.

Tudo é mais difícil sem asas. Às vezes, o lugar onde antes elas ficavam dói como se ainda estivessem lá, como se eu tivesse acabado de voltar de uma longa tarde voando entre as nuvens.

Bash contorna o tronco da árvore, o olhar fixo na copa acima de nós.

— Como você quer fazer isso?

— Não tenho a menor ideia.

— Que sombra você acha que é?

— Meu palpite? A Sombra da Morte. Certeza de que Pan foi atraído para a própria sombra antes mesmo que pudesse se dar conta.

Bash muda para nossa linguagem de fae porque ninguém além de nós pode entendê-la.

Se conseguirmos pegá-la..., ele começa a dizer e nem precisa terminar o pensamento.

Eu sei, respondo.

Acha mesmo que Pan vai aceitar que um de nós tenha a Sombra da Morte?

Difícil saber o que ele vai querer. O que você quer?

Meu irmão gêmeo me lança um olhar incisivo.

Se Bash ou eu reivindicássemos a Sombra da Morte, nossa irmãzinha Tilly ficaria se roendo de ódio por termos mais poder. Mas ela tomou suas decisões. E ver seu rosto quando um de nós surgisse como a Sombra da Morte da Terra do Nunca...

Sorrio para mim mesmo enquanto a voz do meu irmão gêmeo ecoa em minha cabeça.

Vamos capturá-la primeiro. Então, podemos planejar nossa vingança.

Nós nos aproximamos.

— Que tal se um de nós subir? — sugiro. — Para forçá-la a descer.

— Vamos tirar no pedra-papel-tesoura. Quem perde sobe.

Ainda estamos observando os galhos enquanto as folhas se agitam novamente e a sombra se mexe.

— Depressa — digo.

— Estou pronto. Só estou esperando você.

Eu bufo e bato o punho cerrado na palma da minha outra mão.

— Pedra-papel-tesoura-tiro — dizemos em uníssono e desviamos o olhar da árvore em tempo apenas o suficiente para ver quem ganhou.

— Pedra? Sério, Bash? — tiro sarro. Bash sempre vai com pedra porque ele é previsível. — Parece que é você quem vai subir.

— Sim, eu sei como o jogo funciona, seu idiota.

Ele se reposiciona sob um dos galhos mais baixos e, cuidadosamente, agarra-o com as mãos, preparando-se para subir. Quando crianças, passávamos horas encarapitados nas árvores fragorosas e retorcidas da floresta fae. Subíamos, descíamos voando e subíamos de novo.

— Fique de prontidão para pegá-la — Bash sussurra.

Estou com os joelhos dobrados, as mãos estendidas.

— Claro, já estou pronto. Estou sempre pronto.

Ele se ergue. O galho afunda com seu peso. A sombra se alonga na árvore.

— Devagar — digo, atento a seus movimentos.

— Sei o que estou fazendo.

A sombra se agita e o galho treme. Acima de nós, nas vigas do teto, os periquitos trinam alto, enviando um alerta estridente.

Bash fica de pé e se agacha no galho para manter o equilíbrio enquanto avança, o casco dos galhos raspando sob suas botas. A sombra se contrai e rosna.

— Cuidado!

— Eu sou cuidadoso! — ele sibila.

A sombra pula para o próximo galho. Bash se reajusta e eu corro para baixo do novo galho.

Se meu irmão gêmeo ou eu possuirmos a Sombra da Morte, tudo mudará. Quando nossa irmã nos baniu da corte, perdemos praticamente tudo o que nos definia.

Ser poderoso novamente...

Bash encurrala a sombra na junção entre dois galhos. Ela vibra. Será que está com medo? Ou será que...

A sombra avança soltando um rugido profundo e gutural. As pixies voam em disparada para fora da árvore num enxame de néon brilhante. Os periquitos ficam em um silêncio mórbido enquanto Bash solta um gemido úmido e sufocado.

Então, sinto o cheiro de sangue.

A sombra voa da árvore bem no momento em que Bash tomba para trás.

— Bash! — Eu tento ampará-lo, mas não sou rápido o suficiente, e ele cai de costas no chão, uma respiração estrangulada saindo de sua garganta.

Há sangue por toda parte.

Por toda parte, caralho!

— Onde você está ferido? — pergunto, apalpando-o para examiná-lo. Sua mão está agarrada ao pescoço, o sangue borbulhando entre os dedos enquanto ele luta para respirar.

— Darling! — grito. — Winnie!

Ela corre para a sala e paralisa quando vê a poça de sangue se espalhando.

— Pegue uma toalha — digo a ela. — Depressa!

Bash está com os olhos arregalados, o sangue manchando seus lábios. Ele tenta me dizer algo, mas não consegue pronunciar as palavras.

— Somos príncipes fae — digo a ele. — Os fae nunca morrem. Está me ouvindo?

Lágrimas se acumulam nos cantos de seus olhos e ele se engasga, tentando respirar.

Bash é metade de mim.

Se ele morrer, eu morrerei junto.

Se tenho uma certeza, é essa.

WINNIE

Pegar uma toalha.

Pegar uma toalha?

Não sei onde fica coisa alguma nesta casa.

Vou para a cozinha porque parece um lugar provável e começo a abrir os armários. Meu coração martela contra meus tímpanos e minhas mãos tremem.

Havia tanto sangue.

Bash... *Oh, meu Deus!*

Sinto que vou vomitar.

Quanto sangue um príncipe fae pode perder? Não sei o bastante sobre a Terra do Nunca ou a magia que existe aqui. Não sei nada de nada.

Abro o último armário e solto um grito de alívio quando encontro uma pilha de toalhas. Pego várias e corro de volta para o loft.

Kas está amparando Bash em seu colo, tentando mantê-lo erguido. Ele rasgou a camisa para poder enrolar o tecido em torno da garganta do irmão.

O sangue no chão de madeira é como uma pintura abstrata grosseira, manchada, encharcada e que se espalha rapidamente.

Tem muito sangue.

E Bash está muito pálido.

— Depressa, Darling — diz Kas, com a voz vacilante.

Corro para o lado dele, escorrego no sangue e caio no chão, mas logo me endireito. Juntos, pressionamos as toalhas na garganta de Bash.

Onde está Pan? Vane? Se Pan capturou sua sombra, talvez haja algo que possa fazer. Afinal, ele deveria ser o todo-poderoso, né?

Os olhos de Bash estão vidrados e distantes.

— O que devemos fazer?

— Não sei, Darling. — Kas está à beira das lágrimas. — Não sei, droga.

Ele abraça o irmão, embalando-o contra o peito.

— Os fae podem... quero dizer... vocês não conseguem se curar?

— Sim, mas perda de sangue... — Ele cerra os dentes e fecha os olhos com força. — Demais é demais — diz quando me encara novamente.

Engulo em seco e sinto o nó crescendo na minha garganta. Pego a mão de Bash, seus dedos estão frios e moles.

Antes de vir para a Terra do Nunca, antes de conhecer os gêmeos, eu nem sequer acreditava em fadas.

Caramba, quase matei Kas quando disse *Eu não...*

Espere.

— Kas. — Ele olha para mim, mas praticamente não me enxerga. — Lembra quando você me disse que, se eu disser que não acredito em *você-sabe-o-quê*, isso pode te matar?

Ele lambe os lábios. Seu rosto está manchado de sangue.

— Sim, lembro — ele diz hesitante. Vejo a esperança sumir de seus olhos e sinto um aperto no peito e um embrulho no estômago.

— É algo tão simples, mas uma arma potente. Certo?

— Aonde está querendo chegar, Darling?

— Deve ser mágica, né?

— Acho que sim.

— Então, o que acontece se eu disser o contrário? O que acontece se eu disser: "Eu acredito em fadas"?

Bash se contorce e solta um gemido estrangulado.

Kas olha para o irmão, então de volta para mim, com os olhos arregalados.

— Diga novamente.

— Eu acredito em fadas. — Aperto a mão de Bash. — Eu acredito em fadas.

Bash respira fundo.

— De novo, Darling.

— *Eu acredito em fadas!*

Bash rola para fora do abraço de Kas, fica de quatro e respira fundo.

— Eita, porra! — diz Kas. — Funcionou.

— Você está bem? — pergunto a Bash, contendo o ímpeto de me jogar sobre ele.

Ele rola de novo e cai de costas, olhando para as vigas do teto e piscando sem parar.

— Puta merda... — balbucia. — Isso foi...

— *De cair o cu da bunda* — diz Kas.

— Apavorante — acrescento.

— Uma aventura do caralho — Bash termina.

Kas dá um tapão nele.

— Ah, vai se foder! Achei que você fosse morrer, porra!

Bash pestaneja e toca a pele ao redor de sua garganta. A toalha e a camiseta formavam um bolo ensanguentado ao seu lado.

— Eu também achei. Mas qual é, mano?! Morrer seria uma aventura do caralho.

— Te odeio, seu filho da puta!

— Preciso de um trago. — Bash se levanta.

Esses garotos fazem minha cabeça girar. Ainda estou tremendo, com frio e um pouco delirante pelo terror de ter visto a vida quase se esvair dos olhos de Bash. Ele ainda está encharcado no próprio sangue, mas já superou o fato de quase ter morrido.

— Cadê Pan? — ele pergunta.

— Ainda não o vi — responde Kas, que continua sentado na poça de sangue do irmão no chão. Ele ainda parece abalado e distante.

Bash vai até o bar chapinhando as botas no sangue.

Levanto as mãos e vejo que elas também estão manchadas de carmesim.

Acho que preciso de uma bebida.

— Aqui, Darling — Kas diz e se levanta, limpando-se com uma das toalhas extras. Ele me oferece a mão, que ainda está manchada de vermelho.

Eu pego e Kas me ergue facilmente.

Ao cruzarmos o loft, vemos Pan e Vane subindo a escada caracol.

A atmosfera muda imediatamente.

Pan olha para o sangue no chão, para mim e para os gêmeos cobertos com ele, mas não diz nada.

Vai até o bar, pega uma garrafa aleatória e puxa a rolha com um estalo.

Algo está errado.

Isso não parece um homem celebrando uma vitória.

Ele vira a garrafa, seu pomo de adão afundando enquanto engole a bebida.

Quando finalmente faz uma pausa para respirar, mal consegue conter a raiva que contrai os músculos e os tendões de seus braços. Uma veia lateja em sua testa.

— Encontrou sua sombra? — Bash ousa perguntar.

Vane balança a cabeça rapidamente em negativa. Mais um aviso que uma resposta.

Pan cambaleia.

Sinto os pelos da minha nuca se arrepiarem.

Pan aperta a garrafa de bebida em sua mão e, então, joga-a contra a parede. Ela se espatifa, espirrando rum pelos ares, cacos de vidro tilintando no chão. Agarra outra garrafa e a arremessa também. Em seguida, varre o braço ao longo do balcão do bar, destruindo tudo em seu rastro.

— Tire ela daqui — Vane diz enquanto vai até Pan.

— Venha, Darling. — Kas me acolhe em seus braços sangrentos.

Pan solta um berro. Quebra mais garrafas. Grita novamente. Agarra uma mesinha de canto e a joga contra a parede. A madeira arrebenta como uma bomba.

Meu estômago revira.

— Ele não a capturou — digo, olhando por cima do ombro de Kas enquanto ele me conduz para fora dali. — Ele perdeu sua sombra, a Sombra da Morte fugiu, Bash quase morreu e...

— Vai ficar tudo bem. — Kas me leva até meu quarto e fecha a porta assim que entramos.

— Como pode dizer isso? Seu irmão quase morreu. Não era para ser assim. Pan encontrou a sombra. Era para recuperá-la e tudo mais...

— Winnie. — Kas segura meu rosto entre as mãos. Estamos cobertos de carnificina. Para além do meu quarto, Pan continua a quebrar, estraçalhar e ter um ataque de fúria. — Ouça, Darling. Vai ficar tudo bem.

— Ele é sempre assim?

— Se o rei da Terra do Nunca é temperamental? — Ele bufa. — Sim. E muito.

— Ele é assustador.

— Ele vai se acalmar.

— Ele não pegou a sombra.

— Pelo jeito, não.

— É tudo minha culpa.

— O quê? Não. — As linhas finas ao redor dos olhos dele se aprofundam quando franze o cenho. — Por que está dizendo isso?

— Foram minhas ancestrais que roubaram a sombra dele. Ele a perdeu, *duas vezes*, por causa das Darling.

— Não. — Kas balança a cabeça. — Minha mãe conspirou para tomá-la. A Darling foi apenas um meio para o fim.

Eu o encaro à beira das lágrimas. Droga, odeio chorar. Kas coloca uma mecha de cabelo atrás da minha orelha com uma carícia suave.

Isso me faz arrepiar.

— Sua mãe era Tinker Bell, não era? — pergunto. Ele faz que sim. — Como consegue ficar aqui, com Pan, depois que ele a matou?

Ele me vira em direção ao banheiro, guiando-me com as mãos nos meus ombros.

— Nossa mãe era uma vadia de marca maior. — Ele acende a luz. — Ela tinha ciúmes de toda e qualquer mulher que chegasse perto de Pan. Queria ser a rainha da Terra do Nunca. Quando Pan a rejeitou, ela foi atrás da segunda melhor opção e se casou com nosso pai, o rei dos fae. Ela não passava de uma fada doméstica comum, mas era ambiciosa. — Kas abre a torneira da banheira, testando a água. — E tinha algo a seu favor: era tão linda e tão fria que chegava a queimar. Meu pai queria amolecer o coração dela. Ele nunca realizou esse desejo.

Quando a água está a seu gosto, ele fecha o ralo e a banheira começa a encher. Kas vem até mim e agarra a bainha do meu vestido, induzindo-me a levantar os braços.

— Por que vocês o mataram? — pergunto.

Kas tira meu vestido com um movimento fluido.

— Porque ele também era ganancioso. — Kas responde.

— O que ele queria?

— Poder.

— Todos nesta ilha têm fome de poder — concluo.

— Sim, entre outras coisas. — Ele admira minha nudez coberta de sangue. Percebo a protuberância em sua virilha e sinto minha mão coçar de vontade de pegar. É doentio que toda essa tragédia me queira fazer sumir no prazer? Que sangue e carnificina me despertem o desejo para que eu possa parar de pensar e só sentir?

Talvez sim. Talvez sejamos todos um pouco doentios e vis. Talvez seja por isso que eu sinta que aqui é meu lugar.

Meus olhos percorrem o corpo de Kas, sem camisa, nada além das calças pretas. As linhas retas que compõem sua tatuagem ondulam quando atingem seu abdômen. Estendo a mão e sigo o traçado de uma das linhas de seu peito até seu torso. Seu abdômen se contrai ainda mais sob meu toque e, de repente, estou pulsando de excitação.

— O que você fez foi muito inteligente — ele diz com a voz calma e contida. — Você salvou a vida do meu irmão. Não vou esquecer.

— Foram só palavras.

— Foi magia. — Ele toca meu peito, logo acima dos seios, bem perto do coração. Meus mamilos endurecem com sua proximidade e não consigo deixar de arquear as costas, aproximando-me ainda mais dele. — Magia e determinação para mantê-lo.

— Escolhi voltar para cá com você. Com *todos* vocês.

Deixo meu dedo continuar seguindo a linha da tatuagem conforme ela passa pelo umbigo de Kas e desaparece sob o cós de sua calça.

Mas, quando estou prestes a agarrá-lo, é ele quem agarra meu punho.

— Entre na banheira, Darling. Tome seu banho. — Ele solta meu braço. — E não saia do quarto até que digamos que pode sair.

— Vai me deixar aqui sozinha? — Estendo a mão, mas ele já está fora do meu alcance.

— Se eu ficar mais tempo aqui, Darling, vou acabar te dobrando na borda da banheira e te comendo até machucar suas costelas.

— Talvez seja exatamente isso que eu queira. — Endireito os ombros.

— Mas eu não — diz ele. — Quando eu, finalmente, enfiar meu pau nessa bocetinha apertada, não será por desespero. Limpe--se e descanse um pouco. — Ele para do lado de fora do banheiro e olha para trás. Seus cabelos escuros ainda estão presos em um coque, mas várias mechas caíram e estão penduradas, pegajosas e ensanguentadas, ao longo de seu rosto. Ele é uma miragem. Uma miragem ousada, sangrenta e deslumbrante. — Seja uma boa menina e faça o que eu digo.

E, então, ele se vai.

Kas é o mais bonzinho do grupo, e é exatamente por isso que, quando ele me dá uma ordem, é quase mais excitante que quando os outros o fazem.

É como ver o lobo puxando a pele da ovelha e deixando à mostra os dentes afiados como navalhas.

4
BASH

Leva mais ou menos uma hora para Pan se acalmar e, a essa altura, ele já estilhaçou a maior parte da bebida. Eu entendo, ele está fora de si por ter perdido sua sombra — de novo —, mas precisa desperdiçar quantidades preciosas de rum para extravasar sua ira?

Acho que não.

Pelo menos ele não teve a garganta cortada pela sombra perversa.

Aquela coisa foi brutal pra caralho!

Todos nós podemos nos dar muito mal se cruzarmos o caminho dela mais uma vez. Talvez seja melhor deixar essa sombra quieta. Acho que até consigo entender um pouco mais a atitude intragável de Vane. Nem consigo imaginar esse tipo de escuridão correndo em minhas veias.

Só de pensar nisso sinto um arrepio frio que me faz estremecer e tomo um belo gole de uma garrafa de rum que consegui salvar da mão destruidora de Pan. O álcool ajuda a espantar um pouco do frio. Sinto como se minha alma tivesse sido arrancada pelo meu cu. Tudo dói, e minha cabeça lateja. Será que já é seguro para a Darling voltar? Eu bem que gostaria de meter meu pau naquela bocetinha deliciosa.

Os cacos de vidro estalam sob as botas de Vane quando ele vai pegar uma das garrafas restantes de uísque e a entrega a Pan, que aceita, com o peito arfando, suor cobrindo sua testa.

O rei da Terra do Nunca não gosta de perder.

— Beba — ordena Vane.

Pan bebe, estrangulando o gargalo da garrafa como se quisesse arrancar a vida de outra criatura. Acho que não posso culpá-lo. Ele perdeu sua sombra, a Sombra da Morte está à solta, e agora Gancho pode colocar as mãos em um poder que não merece.

Tomo outro gole da minha garrafa e sinto meu irmão me observando.

Que foi? Pergunto-lhe.

Como está se sentindo?

Estou bem. Curado pela Darling. Diria que estou melhor que nunca.

Kas fecha a cara para mim.

— Podem parar com essa putaria — diz Vane olhando feio para nós. — Se vocês dois têm algo a dizer, digam em voz alta.

Kas fecha ainda mais a carranca. Pan se esparrama em uma das poltronas de couro, a garrafa apoiada no joelho, a cabeça jogada para trás.

— E agora? — pergunto. Vamos acabar logo com essa merda para eu pegar minha Darling.

Pan está de olhos fechados. Ninguém fala.

Lá embaixo, a porta da frente é aberta e, do loft, ouvimos o burburinho.

Alguns Garotos Perdidos voltaram da cidade trazendo várias putinhas a reboque.

A risada das meninas não é muito diferente do tilintar dos sinos das fadas.

Pan abre os olhos.

Não muito tempo atrás, antes da Darling, estaríamos lá embaixo pegando geral. Agora... agora não tenho tanta certeza de que qualquer xota molhada serve.

O que quer que teríamos feito, porém, é decidido por nós, porque as meninas sobem por conta própria. Já estiveram aqui. Chuparam nossos paus, engoliram nossa porra.

— Oi — cumprimenta a garota que vem na frente enquanto caminha até o rei. Ele a observa se aproximar com os olhos semicerrados.

Não consigo lembrar seu nome, mas ela é a líder deste grupo. Libby ou algo do tipo.

Ela se senta no colo de Pan. Ele permite.

Algumas outras se sentam no sofá e preenchem o espaço entre mim e meu irmão. Podemos não ser reis, mas somos príncipes e, mesmo banidos, ainda temos um apelo inegável.

Estou tentado a tocar.

Estou relutante em tocar.

Que merda é essa?

Não sou homem de ficar remoendo na relutância.

Libby passa os braços em volta do pescoço de Pan e se inclina para ele, que toma outro gole de uísque.

— Sentiu minha falta? — ela pergunta e dá uma piscadinha.

A que está ao meu lado cruza as pernas, deixando a saia subir pelas coxas pálidas.

— Tudo bem contigo, Bash?

Desta eu me lembro. Cora. Já trepei com ela algumas vezes. Já a fiz chorar outras mais. Ela é tão cadelinha por rola quanto é por atenção. Mas não tenho condição de dar o que ela quer.

— Você é um babaca arrogante! — Foi o que ela me disse da última vez que esteve aqui.

— Cora, minha querida — eu disse —, tô pouco me fodendo para o que você pensa.

Claro, na ocasião, eu estava enterrado até as bolas dentro de outra garota.

Ao me lembrar disso, sinto um comichão no meu pau e tenho de me segurar para não a agarrar e a sentar no meu colo.

O que me impede?

Saber que a Darling está no fim do corredor.

Eu me importo com o que ela pensa e não sei como me sinto quanto a isso.

— Por que está me olhando assim? — Peter pergunta a Vane.

Vane é o único sem uma garota ao seu lado. Se tivessem a chance, todas iriam atrás dele, mas sabem muito bem que não devem tentar. Vane está tão interessado nelas quanto na arte de dobrar guardanapos de coquetel.

— O que acha que a sua querida Darling vai fazer se entrar aqui agora e der de cara com *isso* aí no seu colo? — Vane diz.

— Ei! — Libby contesta, indignada.

Vane encara a garota, que rapidamente cala a boca.

Pan se inclina para a frente e olha para o Sombrio amparado nos peitos enormes de Libby.

— Eu sou o rei — diz ele, um pouco bêbado. — Faço o que bem entender.

— Se é o que você está dizendo...

— Não somos *exclusivos* — Pan fala como se a mera ideia lhe desse nojo.

— Está tentando me convencer? — Vane replica.

— Ora, e o que diabos ela vai fazer? — Pan diz.

A SOMBRA DA TERRA DO NUNCA

Vane se recosta na cadeira e abre seu livro. Ele sempre tem um livro ao alcance.

— Ela vai te dar um xeque-mate antes mesmo de você se dar conta de que está jogando.

Kas me diz: *Quando você acha que Vane vai admitir que não odeia a Darling?*

Eu respondo bufando: *E arruinar sua reputação? Jamais.*

Mas ele tem razão, continua Kas, *se a Darling vier aqui, vai ficar brava.*

Pan está bêbado e com muita raiva para pensar direito. Vou aproveitar o show quando ela aparecer.

Uma garota de cabelos escuros, que não reconheço, aproxima-se de meu irmão gêmeo.

— Meu nome é...

— Não tô nem aí pro seu nome — responde Kas, mal olhando para a menina.

E agora, quem é o babaca? Eu provoco.

Vá se foder.

A Darling tem você na palma da mão.

Kas me lança um olhar severo.

Todos nós estamos comendo na palma da mão dela.

Eu rio alto. As garotas nos olham feio, irritadas por não serem incluídas na conversa.

Vane se concentra em seu livro e Pan continua com Libby, mas apenas como se quisesse desafiar Vane a dizer mais alguma coisa. Ele não a despiu. Não a comeu. Nem sequer encostou os lábios nela.

Peter Pan está tão relutante quanto eu.

WINNIE

Depois do banho, enrolo um cobertor em volta dos ombros, aninho-me na poltrona diante das janelas abertas e fico ouvindo o oceano lá embaixo. O quarto está escuro, exceto pela luz fraca do luar. Sinto o ar fresco em minhas pernas nuas ao apoiar os pés no parapeito da janela.

Devo ter caído no sono em algum momento, porque acordo num sobressalto e percebo que o barulho do mar agora não passa de um suave rumorejo na praia de cascalhos.

Lá do loft, entretanto, ouço garotas rindo e sinto uma sensação ruim me revirar as entranhas. Jogo o cobertor de lado, vou até a porta fechada e encosto o ouvido na madeira fria.

Definitivamente, há garotas por lá. Ouço o distinto tilintar de Kas e Bash conversando.

Então quer dizer que eles me mandaram para o quarto e decidiram dar uma festinha na minha ausência?

A raiva que queima em minha garganta é selvagem e aguda.

O que foi mesmo que Peter Pan disse na outra noite? Que ninguém tinha permissão para me tocar. Então ele acha que me reivindicou como algum tipo de posse? Que pode fazer o que quiser comigo sem consequências para si?

É claro que o rei da Terra do Nunca acha que as regras não se aplicam a ele.

Kas me disse para ficar no quarto até que eles me dissessem que eu podia sair, mas não sou mais uma prisioneira nessa porra. Nem a pau.

Abro a porta e sigo o brilho da luz dourada no corredor até o loft.

A fumaça preenche o ar. Pixies reluzem nos galhos da Árvore do Nunca entre o gorjeio dos periquitos adormecidos. E, espalhadas pela sala, incluindo uma no colo de Peter Pan, um punhado de garotas bonitas.

Se eu tivesse que adivinhar, diria que têm mais ou menos a minha idade, mas, considerando que estão na ilha, é difícil dizer se têm a mesma idade de um mortal ou de um imortal. Ainda não sei como tudo isso funciona. Quem envelhece e quem não. Talvez ninguém fique velho por aqui. Talvez estejam todos presos no tempo como um inseto em uma gota de âmbar.

A sala fica em silêncio quando eu paro do outro lado do sofá modular.

Os gêmeos olham para mim. Há várias garotas entre os dois no sofá, mas ninguém está se pegando. Vane está em uma das poltronas de couro, com um livro aberto nas mãos. Ele mal repara em mim. Um cigarro pende de seus lábios.

Peter Pan está na poltrona ao lado de Vane, com uma loira em seu colo. A garota me olha como se eu fosse um pedaço de lixo que o oceano vomitou no litoral.

Ele e eu travamos olhares.

Seu rosto se contrai enquanto medimos um ao outro.

A SOMBRA DA TERRA DO NUNCA

Eu o encaro bem séria, tentando desacelerar minha respiração e os batimentos do meu coração.

Pan ainda não tem sua sombra. Ainda não é todo-poderoso. O que significa que, se eu quiser me impor, a hora é agora, e sinto uma necessidade repentina e urgente de me vingar dele por ter dado um nó nas minhas entranhas, por me fazer sentir como uma cadela territorialista, embora eu não possa exigir nada de qualquer um deles.

E talvez ele esteja fazendo isso de propósito. Talvez queira ver o que farei.

Há uma mudança quase imperceptível em sua expressão, uma ligeira curvatura em sua boca quando ele pressente a mudança em minha atitude.

É agora ou nunca.

Saio pisando duro rumo às escadas.

Pan joga a garota que está em seu colo para longe, e ela protesta com um grito agudo antes de cair no chão com um baque.

Eu o sinto vindo atrás de mim, perseguindo-me, e arrepios sobem pelos meus braços.

Ele é maior que eu, tem pernas mais longas e definitivamente é mais rápido. Mas já passei bastante tempo em casas antigas para saber como usá-las a meu favor.

Quando chego à escada, enfio meu vestido embaixo da bunda e sento-me no corrimão, deslizando por ele até lá embaixo.

Pan tenta me agarrar, mas erra por um centímetro, e pulo para o andar térreo um segundo depois.

Ele desce vários degraus antes de abandonar a ideia e apoiar a mão no corrimão, pulando por cima dele.

Eu já estou correndo, arquitetando minha vingança.

Há uma chama crepitando na fogueira e mais de uma dúzia de Garotos Perdidos reunidos em volta dela. Escolho o primeiro que vejo, pulo em seus braços, envolvo minhas pernas ao redor de sua cintura e esmago meus lábios contra os dele.

Não se trata de prazer. Trata-se de provar um argumento. Que pena para o Garoto Perdido.

Ele já está duro debaixo de mim.

Pan não demora muito para me alcançar e me arrancar dali.

O Garoto Perdido fica atônito, com os olhos arregalados e o rosto lívido.

— Desculpe, meu rei. Eu não queria tocá-la. Ela veio para cima de mim!

Pan me dá um chacoalhão.

— Que porra você está fazendo?

— Que porra *você* está fazendo?

— Eles não têm permissão de te tocar — diz ele, apontando para os Garotos Perdidos. — Eles sabem disso. Você sabe disso.

Cruzo os braços à frente do peito e empino o quadril.

— Eles não têm permissão para me tocar — rebato —, mas você nunca mencionou que *eu* não poderia *tocá-los*. Com base nessa regra, posso tocar quem eu bem quiser e entender. Você dá os seus amassos, eu dou os meus.

Da sacada, Kas e Bash soltam gargalhadas.

Pan está espumando.

— Vamos discutir isso lá em cima.

— Não.

— Não?

O único som é o crepitar do fogo, o farfalhar das folhas das palmeiras à brisa do mar.

— *Não?* — ele repete.

O Garoto Perdido que ataquei dá um passo para trás. Os demais não se movem nem um centímetro.

Pan me encara como se eu fosse uma criança malcriada. E, de repente, está me levantando e me jogando por cima do ombro em uma espécie de *déjà vu*.

— Eu não sou sua propriedade! — grito e dou um soco em seu traseiro.

Claro que não adianta. Peter Pan é constituído de nada mais que músculos firmes e arrogância sólida como uma rocha. Ele me carrega escada acima, mal sentindo meus punhos contra as costas musculosas.

Quando passamos pelos gêmeos na sacada, eu apelo:

— Me ajudem!

— Foi mal, Darling — diz Bash com um sorriso diabólico. — Mas você se meteu nessa sozinha.

Eu desisto e caio mole enquanto Pan me carrega para dentro da casa. Quando entramos no loft, ele estala os dedos ruidosamente e ordena:

— Deem o fora daqui.

As meninas saem correndo, batendo os saltos na escada principal.

Pan me joga em uma das poltronas de couro e aponta para mim, seus anéis de prata brilhando sob o brilho dourado da sala.

— Não estou de bom humor.

— Engraçado, eu também não estou depois de sair do meu quarto e dar de cara com uma vadia qualquer da Terra do Nunca montada no seu colo.

Peter se senta na poltrona ao meu lado, com as pernas bem esparramadas, e fecha a cara. Coloca um cigarro entre os lábios e abre o isqueiro com um estalar de dedos.

Quando a chama já está no fim, o papel e o tabaco acendem, e Pan dá uma longa tragada.

Fecha o isqueiro.

A fumaça sobe fazendo firulas no ar.

Depois de uma baforada, ele apoia o cotovelo no braço da poltrona, segurando o cigarro com os nós dos dedos. Vira para mim, os olhos azuis faiscando.

Sinto calor e frio ao mesmo tempo.

Eu queria a atenção dele e agora a tenho.

— Sou um homem bem direto — ele diz. — Não gosto de joguinhos. Se tem algo a me dizer, Darling, diga na minha cara.

Expiro pelo nariz.

O que eu quero dizer? E como diabos digo isso? Admito que meu plano não ia além de fazê-lo se arrepender de ter tocado em outra garota.

Mas acho que esse é o cerne da questão, não é? Então é melhor falar logo de uma vez.

— Eu não quero compartilhar. — Peter Pan estreita os olhos. — Se eu não tenho permissão de tocar em mais ninguém, então vocês também não têm.

Pan passa a língua pela parte interna do lábio inferior. Em nenhum momento sequer ele desvia o olhar de mim, e o peso de sua inspeção me faz esfregar as coxas para acalmar a ânsia ardente entre minhas pernas.

— Nós somos quatro homens com muita fome. Você acha mesmo que dá conta de saciar nosso apetite?

Não preciso nem pensar:

— Sim.

Sua expressão se torna sombria e perigosa, e desconfio que o tempo todo ele sabia exatamente aonde tudo isso levava. Pan desenhou o mapa e eu segui o x direitinho para sua armadilha.

— Então prove — ele me desafia.

— Como?

— Você não queria ficar com nós quatro?! Então, de joelhos, Darling. Hora de botar essa boca para trabalhar e mostrar que você aguenta ser a nossa putinha particular.

A volúpia aumenta, e sinto meu clitóris inchar de tesão.

Ora, ora, muito bem. Se é uma performance que ele quer, é uma performance que ele vai ter.

Fico de pé. Peter dá outra tragada demorada no cigarro, deixando a fumaça escapar por seus lábios em uma nuvem densa antes de sugá-la de volta.

Estou rígida, tensa e mais excitada do que deveria estar.

Vou até ele e começo a me agachar na sua frente, mas ele balança a cabeça apenas uma vez.

— Primeiro os gêmeos. Quero te ver engasgando com eles.

Pan fala com frieza para tentar me assustar, mas, se esse for seu plano, ele não me conhece muito bem. Porque já sinto frio na barriga e a xana latejando.

E suspeito que, se o rei da Terra do Nunca ordenar que os príncipes fae fodam minha boca até eu chorar, eles obedecerão.

E suspeito que eu vá gostar.

Quando me viro para os gêmeos, Bash já está com o pau na mão, como se estivesse esperando isso a noite toda.

Atravesso a sala e me abaixo entre suas pernas, o tapete áspero arranhando meus joelhos. Bash dá uma bombeada no pau, acariciando-o lentamente. O pré-sêmen já brilha na cabeça de sua pica, que ele esfrega com a ponta do polegar e então passa no meu lábio inferior.

Minha vagina chega a tremer de tiriça quando passo a língua naquele mel.

— Já comi essa bocetinha safada — diz ele. — Vou gostar de meter na sua boca também.

— Então tá esperando o quê? — provoco.

Ele solta um gemido que vem do fundo do peito, então agarra meu cabelo e empurra minha cabeça para baixo. O tamanho de sua rola me pega de surpresa, e quase fico sem ar enquanto tento acomodá-la.

Bash balança os quadris para a frente enquanto me empurra para baixo, metendo a cabeça da pica no fundo da minha garganta. Eu engasgo de leve. Ele retira o pau e eu respiro fundo.

Pan diz atrás de mim:

— Não pegue leve com ela, Bash. Foi ela quem pediu, agora vai ter que aguentar.

— Quem sou eu para negar o que o rei exige? — Bash me puxa de volta, então se levanta e me bate na cara com o próprio pau, o que me pega de surpresa. — Não pare, Darling. Vamos lá! — Ele está sorrindo para mim, e seus olhos cor de âmbar estão radiantes.

Eu me reposiciono e o abocanho com vontade, chupando sem parar. Ele enterra a mão no meu cabelo e me puxa com força, enfiando a pica até o talo.

— Boa menina! Olhe para mim.

Ergo minha cabeça para encontrar seu olhar, e ver a satisfação brilhando sombria em suas pupilas me dá um frio na barriga e me deixa de grelo duro.

Queria que ele estivesse me tocando. Queria que seu irmão estivesse me comendo. Eu queria... eu queria...

— Isso, desse jeitinho, Darling.

Ele continua estocando, metendo na minha boca.

— Ai, caralho!

Não consigo recuperar o fôlego e lágrimas começam a brotar dos meus olhos conforme ele vai cravando bem no fundo da minha garganta. Expiro rapidamente pelo nariz, tentando acomodá-lo, tentando não engasgar.

— Caralho, Darling.

O tempo todo, sinto o olhar de Pan sobre mim, devorando-me.

Há algo profundamente excitante em ser a estrela de um show.

Bash mete cada vez mais rápido, fodendo minha boca sem dó.

E, quando enfim goza, enchendo minha boca de porra, respiro profundamente, tentando não recuar até ele se esvaziar. Estou tremendo, com calor e morrendo de tesão.

Bash ergue meu rosto ao sair da minha boca.

— Você engoliu? Deixe-me ver, Darling.

Eu mostro a língua.

— Claro que engoli. Não sou amadora.

— Boa menina — ele diz e então se inclina para me dar um beijo demorado e sensual, deslizando sua língua sobre a minha. Quando se afasta, encosta sua testa na minha e diz: — Você nem sabe o quanto eu precisava disso.

— Talvez eu precisasse mais que você.

Ele dá uma risadinha.

— Pois está prestes a conseguir mais do que precisa. Kas — ele chama ao se endireitar —, pegue a corda.

Ouço os passos de Kas saindo do cômodo e, ao retornar, traz um pedaço de corda nas mãos. Bash leva menos de dois segundos para puxar meus braços para trás e amarrar meus punhos.

Ele fica atrás de mim e mantém uma ponta da corda na mão enquanto passa a outra pela minha garganta.

— Sua vez, irmão.

Kas já está duro, mas hesita, contemplando-me, amarrada e posicionada para ele.

Sinto um friozinho na barriga e meus lábios molhados e inchados. Ainda sinto o gosto do sêmen de Bash na ponta da minha língua, mas, se isso fosse um banquete, só tinha provado a entrada.

Bash puxa a corda, o que faz meu corpo arquear, deixando meus seios empinados. Ainda estou usando meu vestido, mas ele é decotado, e, quando Kas se aproxima de mim, passa o dedo ao longo da costura e fico toda arrepiada, meus mamilos eriçados.

Ele observa os bicos marcando o tecido.

— Você gosta de ser usada, Darling? — ele pergunta, como se a resposta fizesse alguma diferença.

Será que faz? Ninguém nunca se preocupou com o que eu queria.

— Essa é uma pergunta complicada — respondo.

— Então dê sua melhor resposta.

— Gosto.

— Por quê?

Fecho os olhos enquanto sinto sua mão descendo, os dedos travessos brincando com meu mamilo por cima do tecido. Respondo com um suspiro ao sentir minha xana palpitando, completamente assanhada.

— Porque faz eu me sentir bem.

— E?

Ele passa para o outro seio, apertando meu mamilo com força, deixando-me ainda mais molhada, já umedecendo minha calcinha.

— Porque faz eu me sentir menos sozinha.

Lágrimas queimam em meus olhos, pegando-me desprevenida.

Admito mais do que eu queria. Mais verdade do que me sinto confortável.

Não quero mais ficar sozinha.

Kas desafivela o cinto e o zíper morde alto ao ser aberto dente por dente.

O tecido escuro de sua cueca está esticado pela pressão de seu pênis. Se eu pudesse usar minhas mãos, eu o ajudaria.

Só experimentei Kas uma vez, e isso enquanto seu irmão gêmeo me comia por trás depois de Pan ter me fodido sobre a mesa.

Não deu tempo de prestar atenção.

Kas é maior que Bash. E acho que maior que Pan também. Difícil saber como se compara a Vane.

Não sei se aguento seu pau inteiro na boca.

Bash ajusta a mão em volta da minha garganta e me posiciona exatamente como se eu fosse o palco, ele fosse o diretor e Kas fosse nosso grande astro.

Meu coração martela em meus ouvidos.

Estou com frio na barriga.

Eu consigo. Consigo aguentar a piroca dele. Eu *vou* chupá-lo.

Kas esfrega a cabeça do pau nos meus lábios e eu boto a língua para fora para lambê-lo, fazendo-o soltar um gemido grave e selvagem. Minha boceta chega a tremer de tesão.

Ele quer se demorar, mas já posso dizer que não há tempo para isso.

Arrastando o polegar sobre meu lábio inferior, ele penetra minha boca, e eu começo a sugar.

— Posso estar enganado — diz ele, com os olhos semicerrados e a voz rouca —, mas com você, Darling, talvez só haja desespero.

E então começa a arrombar minha boca.

6
WINNIE

Kas mete rápido e forte até lágrimas começarem a escorrer pelo meu rosto.

Eu engasgo com ele.

Com os braços amarrados nas costas, não tenho controle sobre o ritmo, e ele é implacável.

Está desesperado.

Ele é muito grande para a minha boca.

Quando finalmente goza, jorra bem no fundo na minha garganta e, quando puxa a rola para fora, estou sem ar.

Ele cambaleia para trás, desaba no sofá e fica olhando para o teto, onde as pixies voam para lá e para cá, em um frenesi excitado.

Eu sei como elas se sentem.

Ainda estou ofegante quando Bash se aproxima e enxuga as lágrimas do meu rosto.

— Ah, que menina boazinha, não é, Darling?

— Me desamarre — peço. — Para eu ir cuidar do rei.

Ele sorri para mim:

— Como quiser.

Uma vez livre das cordas, esfrego os punhos até recuperar totalmente a sensibilidade de minhas mãos.

Então olho para Peter Pan.

Ele está esparramado na poltrona, com o olhar distante. Veste jeans escuro e uma camiseta preta colada aos músculos de seu bíceps como uma segunda pele.

As tatuagens descem por seus braços e aparecem ao redor da gola.

Ele é uma visão profana.

E, por ele, serei eternamente uma pecadora.

Começo a me levantar para ir até ele, mas ele faz *tsc-tsc* para mim e balança a cabeça.

— Quem mandou você se levantar? — ele pergunta. — Vai rastejar até mim.

O frio na barriga se transforma em um redemoinho de desejo e vergonha.

Pan quer que eu *rasteje* até ele?

Ele acha que está me dando uma lição, que vai me mostrar que não aguento o jogo, por mais que jure que deteste joguinhos.

Tudo é um jogo. Especialmente aqui.

Todos estão em silêncio, esperando para ver o que farei.

Não vou perder.

Estou determinada a ser um banquete para Peter Pan, a transformá-lo em um glutão que não consegue viver sem o meu sabor.

Apoio as mãos no tapete e começo a rastejar até ele.

Vane fecha o livro que tem nas mãos e sinto meu eixo se abalar ao mero pensamento dele me observando, minhas costas arqueadas como uma serpente, minha bunda empinada no ar.

Talvez, se eu fizer uma apresentação boa o bastante, ele também queira participar.

Quero tomar tudo desses homens, saquear meus despojos como uma rainha gananciosa.

Quando chego aos pés de Pan, ele abre as pernas para que eu possa rastejar entre elas, fitando-me satisfeito enquanto destravo a fivela do cinto e puxo o couro pelo fecho. O metal range. Pan assiste.

Seu pau já está apertado dentro da calça e, ao desabotoá-la e ver sua protuberância, sinto meu peito se incendiar.

Assim que abro o zíper, puxo suas roupas para baixo, deixando seu pênis livre.

Levanto-me apenas o suficiente para posicionar minha boca sobre a cabeça inchada e sinto seu corpo ficar tenso, esperando.

Agarro sua rola e a acaricio lentamente, memorizando cada saliência, cada veia dilatada.

Ele range os dentes.

— Eu não quero compartilhar — digo. Suas narinas dilatam. — Não quero te encontrar com uma garota sentada no seu colo quando eu estou bem ali no fim do corredor. Quando *eu* posso estar no seu colo.

Inclino-me para a frente e deixo meus lábios a uma polegada de distância de seu membro, soltando um suspiro provocador. A cabeça de seu pênis lateja com a antecipação de meus lábios o envolvendo.

— Diga, Rei da Terra do Nunca.

— Bota essa boquinha no meu pau e talvez eu diga.

Avanço lentamente, dou uma lambida com a pontinha da língua na fenda brilhante de sua pica.

— Diga.

Ele geme e projeta os quadris para a frente, tentando me encontrar, então desço e lambo suas bolas.

Pan deixa escapar um suspiro estrangulado.

Nós dois sabemos que ele podia simplesmente me segurar e meter na minha boca a qualquer momento, mas jogo é jogo. E eu pretendo vencer.

O Rei do Nunca é meu. E vou fazê-lo admitir.

Eu me movimento como se o estivesse lambendo novamente da base à ponta, mas é uma carícia fantasma, quase tocando, não conectando.

O gemido que ressoa em seu peito é praticamente animalesco.

— Darling?

— Sim?

Pan fecha os olhos e inspira profundamente.

— A única boceta que vou comer é a sua. — Ele abre os olhos e se inclina para a frente, agarrando-me por baixo dos braços e girando-me de modo que sou eu na poltrona e ele de joelhos. — A única boca que vai chegar perto do meu pau é a sua boca. — Ele levanta meu vestido até minha cintura. — A única garota que vai sentar no meu colo como um lindo troféu é você. — Ele enfia um dedo na minha calcinha e a puxa para o lado, expondo-me. — A única garota que vou tratar como minha putinha particular é você. — Ele se inclina para a frente até quase encostar a boca na minha vulva molhada, dando-me um gostinho do meu próprio remédio. Tremo de antecipação. — Isso basta, Darling?

Aceno enfaticamente.

— Sim.

Pan passa a língua sobre meu clitóris, mas de forma quase imperceptível, uma provocação mais que qualquer coisa. Ainda assim, tenho vontade de rastejar para fora da minha pele.

— Repita — ele ordena.

— Sim, isso basta.

Ele desliza os dedos pela costura da minha calcinha, propositadamente arrastando a parte de trás dos nós dos dedos sobre minha boceta, depois meu clitóris.

Eu tremo de prazer.

— Sim o quê?

Eu afundo no couro macio da poltrona.

— Sim... Pan?

Ele cospe na minha xota e desliza dois dedos para cima até encontrar meu grelo inchado.

— Tente novamente.

— *Sim...* — Eu respiro fundo quando ele desliza de volta para baixo e enfia os dedos dentro de mim. — Sim, meu rei.

— Boa menina — ele diz e finalmente me dá o que quero e preciso: sua boca na minha xavasca.

Pan lambe e provoca, fodendo-me com a língua.

Eu me contorço na poltrona, mas ele me prensou de jeito.

Gemo para o teto.

Ele me devora sem dó.

O prazer aumenta quando ele adiciona mais um dedo, agora me fodendo com três, e um gemido agudo escapa da minha garganta.

Posso sentir todos eles me observando.

E não estou nem aí.

Pan deu um jeito de virar o jogo, fez de mim o público e a atração.

Sacolejo embaixo dele, que me segura mais apertado, metendo a língua na minha fenda molhada.

— Goza para mim, Darling — diz ele entre minhas coxas.

— Goza na minha boca.

Arfo quase sem fôlego, minha cabeça gira e meu corpo estala de necessidade e desejo. Quase enlouqueço quando Pan suga meu clitóris enquanto seus dedos me preenchem.

Eu gozo tão alto que acordo os periquitos adormecidos, que saem batendo as asas agitados.

Enfio as mãos no cabelo de Pan e o esfrego em mim enquanto o orgasmo me atinge como um terremoto, sacudindo cada osso.

Não existe mais nada além de prazer e calor.

Desabo, afundada na poltrona com Peter Pan ainda entre minhas pernas, sua boca encharcada com meus sucos.

Ele lentamente vem para cima de mim e seus ombros bloqueiam a luz, de modo que ele seja tudo o que eu consigo ver.

— Se você nos quer, Darling, você nos terá, mas terá de seguir as *minhas* regras. Entendeu?

Eu tomo várias respirações lentas e medidas.

— Responda, Darling.

— Sim. Está bem. Seguirei suas regras.

— Se você tem fome de rola, terá quatro para escolher. Quatro e nada mais. — Ele engancha as mãos em volta das minhas coxas e puxa minha bunda para a beirada da poltrona. — Se eu te pegar tocando em qualquer outra pessoa, não ficarei nada feliz. — Com minha calcinha ainda torta, ele se aninha em minha abertura. — Diga-me que entendeu.

— Eu entendi.

Ele me penetra com tudo, e eu perco o ar. Seu ritmo muda. Mais rápido. Mais impiedoso. Dobra minhas pernas para cima e soca dentro de mim. Estou tão molhada e ele está tão duro, que fazemos um som alto de líquido chapinhando enquanto trepamos.

Pan mete até o talo. Ele me come como se fosse meu dono e, de certo modo, talvez seja mesmo.

Talvez eu seja propriedade dele.

Talvez eu não ache ruim.

Pan me mostra quem manda, e minha boceta leva a surra. Mas vou aguentar o tranco, porque sempre haverá poder nisso. E eu quero ser poderosa entre esses homens poderosos.

Quando Pan finalmente goza, estou exausta, ardida e radiante de satisfação.

Mas ainda há mais um. Mais um pau para satisfazer. Se ele me permitir.

Pan sai de dentro de mim e enfia o pau na calça, então cai na poltrona ao meu lado.

Eu me sento e percebo o olhar desarmônico de Vane sobre mim. Ele me dá um aceno negativo quase imperceptível. Mas não me intimido facilmente.

Eu me levanto e atravesso a sala, o esperma de Peter Pan escorrendo pelas minhas coxas.

O peito de Vane se infla com uma respiração profunda.

Meu coração está preso na garganta.

Diante de Vane, caio de joelhos mais uma vez, mas agora minhas mãos estão tremendo e minha boca está seca de antecipação.

Estendo a mão para desabotoar sua calça e Vane agarra meu punho enquanto seu olho violeta fica preto.

Um arrepio de terror percorre minha espinha e o suor brota na linha do meu cabelo.

Engolindo em seco, tento reprimir o medo em erupção na minha pele. Posso fazer isso. Sou capaz de não sucumbir ao terror e provar a ele que sou forte.

Estendo a outra mão, determinada a experimentá-lo.

No entanto, antes de me dar conta do que está acontecendo, sou arremessada contra a parede do outro lado da sala e sinto a mão de Vane me erguendo pela garganta.

WINNIE

O CHOQUE ME DEIXA COMPLETAMENTE SEM AR E EU ARQUEJO em vão conforme Vane me estrangula, fechando meu suprimento de oxigênio enquanto eu me debato inutilmente para recuperar o fôlego.

A escuridão da Sombra da Morte toma conta de seus olhos à medida que seus cabelos ficam brancos e brilhantes.

— Vane! Pelo amor de Deus! — Pan e os gêmeos correm até nós.

Sinto meu rosto ficar vermelho como um pimentão enquanto luto para respirar.

— Solte-a — Pan diz.

O terror revira minhas entranhas e rasteja em meu âmago como uma centopeia. Meu coração martela nos ouvidos.

— A Darling quer porque quer. — A voz de Vane também mudou. Possuído pela Sombra da Morte, ele é mais demônio que humano, e sua voz ressoa retumbante ao nosso redor.

As lágrimas enchem minhas pálpebras e escorrem pelo meu rosto.

Não estava preparada para isso.

Não tinha ideia de onde estava me metendo.

— Shhhh — ele sussurra. — Guarde as lágrimas para quando realmente doer.

Meus olhos saltam das órbitas.

— Por favor, solte-a — Pan diz, enquanto os gêmeos nos cercam.

— Mas, se ela acha que sabe o que quer — Vane continua —, deixe-me provar por que está errada.

Se tivesse me restado algum ar nos pulmões, estaria gritando.

Agarro o punho de Vane, tentando afrouxar seu aperto em minha garganta. Preciso de ar. Preciso de ar. Algum tipo de alívio.

Porra.

Acho que sou mesmo uma garota estúpida que não sabe de nada.

— Vane — Pan diz novamente, assim que os gêmeos atacam.

Vane me solta e eu caio de quatro no chão, tossindo desesperada por ar.

Os gêmeos agarram cada um dos braços de Vane e o puxam para trás. Ele simplesmente agarra Bash pela garganta e o joga de lado, como se não fosse nada. Em seguida, dá um chute no peito de Kas, que é arremessado para longe e bate contra o tronco da Árvore do Nunca, cujos galhos estremecem com o impacto.

Na sequência, Vane se vira para Peter Pan.

Pan levanta as mãos:

— Segura a onda, porra. — Vane começa a caminhar na direção dele. — Tenha a santa paciência, Vane.

Puxo o ar com dificuldade e, em seguida, encosto-me na parede e a utilizo como apoio para deslizar até ficar de pé.

Quando tento falar, minha voz sai áspera e rouca:

— Vane... — eu tento.

— Ela é nossa, não é? — Vane diz, com a voz ainda terrivelmente sombria.

— Você precisa dar um jeito de controlar a sombra — diz Pan, ainda recuando — ou vamos acabar todos mortos.

— Eu sou a sombra. — Vane encurta a distância entre ele e Pan. — Não preciso controlá-la.

— O caralho que não precisa! Dá um jeito nessa merda ou eu te mando de volta para sua ilha.

Vane dá o bote. Peter Pan desvia. Vane ataca novamente e acerta o queixo de Pan, que cambaleia para trás, e Vane aproveita a deixa para agarrar-lhe o braço.

A escuridão brota do toque de Vane, alastrando-se pelas tatuagens de Pan, penetrando em sua pele mais profundamente que tinta.

O que é isso?

A escuridão se propaga cada vez mais e corrói a pele pálida da garganta de Pan.

— O que está acontecendo? — resmungo. — Kas? O que está acontecendo?

Kas balança a cabeça, perplexo.

— Se não parar, ele vai matar Pan.

Os tentáculos se espraiam pela curva da mandíbula de Pan, deixando seus lábios pretos.

— O que fazemos?

— Eu não sei, porra — diz Bash, franzindo o cenho. — Ninguém é páreo para Vane, exceto Pan.

Pan cerra os dentes enquanto a escuridão o consome centímetro a centímetro.

— Vane... pelo amor de Deus — Pan se engasga, mas Vane não dá qualquer sinal de que vai recuar.

— Temos que fazer alguma coisa — digo. Peter Pan não pode morrer. — Vane! — grito. Ele se vira ligeiramente, a linha da mandíbula encostando em seu ombro. — Você pode me ter da maneira que precisar.

— *Darling* — Kas me repreende com um sussurro. — Que porra você está fazendo?

Eu me aproximo, mantendo os braços levantados para provar que não quero lhe fazer mal.

Vane larga Pan e a escuridão imediatamente recua; Peter se curva, levando a mão ao peito.

A Sombra da Morte se vira para mim e sou novamente tomada pelo terror.

Ele dá passos lentos e deliberados em minha direção, como um predador encurralando sua presa.

Encosto na parede e piso em um caco de vidro com o pé descalço, sibilando com a pontada de dor.

Essa é a menor das minhas preocupações. Posso cuidar da ferida depois.

Vane, entretanto, desvia o olhar para o chão, para a pegada de sangue que deixei.

A dor é aguda e intensa, mas nada que eu já não tenha sofrido.

Enquanto o sangue se espalha e a dor lateja em meus nervos, percebo algo a mais. O sangue espantou o terror.

Vane me olha feio, e o branco desaparece de seu cabelo.

Respiro sentindo a dor latejando no meu pé.

Os olhos de Vane voltam ao usual preto e violeta incompatíveis, mas a raiva ainda transparece na mandíbula contraída.

A energia da sala mudou. É como a quietude após a tempestade, quando o oceano para de se agitar e o céu para de trovejar.

Vane gira os ombros para trás e inspira profundamente antes de me dizer:

— Nunca mais faça isso. — E, então, dá meia-volta e desce as escadas, saindo imediatamente de casa.

8
PETER PAN

Corro para o lado da Darling, amparo-a sobre meu ombro e cutuco sua panturrilha.

— Levante — eu ordeno e ela obedece.

Ela tem um corte feio no arco do pé.

— Kas — chamo.

— É pra já! — ele diz e sai correndo pelo corredor.

Bash abre um dos armários atrás do bar e volta com uma toalha, entregando-a para mim.

— Segure-se em mim, Darling — eu lhe digo, e ela passa o braço em volta do meu pescoço enquanto eu a levanto sem o menor esforço. Carrego-a até o sofá e a acomodo no canto, apoiando seu pé sangrento no meu colo. O fluido carmesim já está molhando minhas calças.

Kas retorna com um kit de primeiros socorros, agulha e linha.

— Não está tão feio assim! — Darling protesta e tenta puxar o pé.

Eu sou mais rápido.

— Não lute comigo — eu lhe digo. — É uma ferida aberta. Vai cicatrizar mais depressa se nós suturarmos.

Winnie afunda na almofada.

— Lâminas eu posso aguentar. Agulhas... nem tanto.

Eu a observo e vejo o terror em seus lindos olhos verdes. Ela é mais forte do que queremos acreditar, penso, mas todos temos medo de alguma coisa.

Não faz muito tempo, o que eu mais temia era perder a ilha. Agora, com o cheiro da Darling ainda em mim e seu sangue encharcando minhas roupas, esse medo está sutilmente mudando de forma bem diante dos meus malditos olhos.

Vê-la sangrar, ver os hematomas começando a aparecer em torno de sua garganta, onde Vane a estrangulou contra a parede...

Meu estômago revira, e quero segurá-la bem forte.

Não quero que ela desapareça como minha sombra, fugindo na calada da noite e me deixando sozinho, um homem oco com nada além de escuridão correndo nas veias e uma ferida purulenta no lugar do coração.

Sinto frio por dentro. Quero me aquecer.

Estalo os dedos apontando para a garrafa de uísque na mesa, e Kas vai buscá-la para que eu possa molhar o pano. Quando coloco o pano encharcado de uísque no pé da Darling, ela solta um assovio de dor e se debate em meu aperto.

— Aguente firme.

— Isso dói.

— Você ia deixar Vane fazer o que quisesse contigo e está reclamando de um pouco de álcool?

Ela geme, sabendo que tenho razão.

— Precisamos resolver o problema do Sombrio — diz Bash enquanto esteriliza a agulha na chama de um isqueiro.

— Um problema de cada vez.

Nosso novo mantra, ao que tudo indica.

Assim que limpo o sangue, consigo ver melhor o corte. Tem cerca de oito centímetros de comprimento e ainda está sangrando. No mundo da Darling, eles têm anestesia para esse tipo de procedimento. Aqui temos príncipes fae.

— Deem a ela algo para a dor — digo a eles enquanto Bash me passa a agulha com linha.

— Deite-se, Darling — Kas ordena.

Ela nos encara com ceticismo.

— Você treparia com a gente até perder a consciência, mas não quer se cuidar quando está ferida? — digo. Não gosto de vê-la assim, parecendo uma criatura ferida da floresta, trêmula e pegajosa. — Por favor, Darling — acrescento. — Deixe-me cuidar de você.

Winnie fica com os olhos marejados, e desconfio que nunca teve uma mão gentil em sua vida. Posso ser brutal e tratá-la como minha puta quando transo com ela, mas vou cuidar dela quando estiver ferida, e ela vai ter que aceitar; vou provar que ela pode ter as duas facetas de mim.

Não vou traí-la quando mais precisar de mim.

Por fim, Winnie se reposiciona e se recosta nas almofadas. Dou o aceno positivo para Kas.

Em segundos, Darling suspira de alívio. Não preciso ver para saber que ele lhe deu uma ilusão. A magia fae pode operar tanto nos sentimentos quanto na visão.

— Tudo bem? — pergunto a Kas.

Ele faz que sim.

— Ela vai ficar bem por algum tempo.

Perfuro sua carne com a agulha e começo a costurar a ferida. Ela mal percebe.

— Ele quase te matou — diz Bash ao se sentar na beirada da mesa baixa à minha frente e me observar trabalhar.

— Sim, mas não matou.

— Só porque Darling o distraiu.

Fechei metade do corte, que fica cada vez menor. Quem vive sob a ameaça de piratas, torna-se rapidamente um especialista em cuidar de feridas.

— Ele só precisa encontrar um ponto de equilíbrio — digo, sabendo que é bobagem. Vane está na Terra do Nunca há anos. Tem a Sombra da Morte há ainda mais. Se fosse se equilibrar, já o teria feito.

— Se você recuperar sua sombra — começa Kas —, acha que pode controlá-lo?

— Difícil dizer.

Talvez. Mas duvido.

Talvez seja tolice sequer cogitar tal ideia.

Termino de fazer os pontos e dou um nó no barbante; entrego a agulha para Kas. Bash já está a postos com gaze, fita e a lata de bálsamo de fada que ele faz regularmente. Com a tampa já aberta, passo um dedo dentro. O unguento tem o cheiro do solo da Terra do Nunca.

Espalho suavemente na ferida antes de envolvê-la com a gaze e selá-la com esparadrapo.

— Mantenham a ilusão mais um pouco — digo a eles. — Vamos deixá-la descansar.

Onde quer que esteja, Winnie está longe de nós e do loft. O que é bom.

Meu pau engrossa com a mera lembrança dos gêmeos fodendo sua boca.

Caramba, como eu adoro vê-la sendo usada.

Mas só por aqueles em quem mais confio. Eu não deixaria aqueles outros filhos da puta chegarem perto o suficiente para respirar o mesmo ar que ela.

Vane tinha razão em um ponto: a Darling sabe como jogar comigo.

O pensamento de qualquer outra pessoa encostando o dedo nela me desperta uma fúria assassina.

Contemplo-a deitada no sofá, com as pernas ainda sobre o meu colo. Sua pele é quente e macia sob minhas mãos. Queria deitar de conchinha ao lado dela. Queria abraçá-la bem apertado, tê-la só para mim.

E essa ânsia é estranha e inadequada.

Normalmente, não sou territorial. Em geral, não me importo o suficiente para me incomodar. Mas cada centímetro da pele pálida da Darling é um território que quero conquistar e tornar meu.

Preciso dar o fora daqui antes de transar com ela de novo, antes de usá-la mais do que deveria.

Gentilmente, deslizo por baixo de suas pernas e, em seguida, pego um dos cobertores do encosto do sofá para, então, cobrir seu corpo minúsculo. Ela se aninha no calor e geme quando afasto uma mecha de cabelo errante.

Sinto o estômago revirar novamente, mas por uma razão muito diferente.

— Volto logo — digo aos gêmeos. — Cuidem dela, por favor.

— Claro — diz Kas.

— Ela é tão nossa quanto sua — responde Bash. — Não precisa nos dizer para cuidar dela.

Os príncipes fae estão botando mais pressão que de costume.

Um problema de cada vez.

Dou um aceno rápido antes de ir atrás do Sombrio.

Encontro Vane caminhando à beira da lagoa em direção à Rocha Corsária.

Os espíritos da água cor de turquesa surgem na superfície, com mãos, rostos e caudas agitadas. Estão tentando se aproximar dele. Sua sombra pode não ser da Terra do Nunca, mas magia gosta de magia, independentemente de suas origens.

— Nem comece — ele diz, embora eu esteja atrás dele e não tenha feito o menor barulho.

— Eu não disse nada.

— Posso até ouvir o que você tá pensando.

— Não pode, não.

— Então posso sentir.

Ele dá uma tragada no cigarro e solta uma bela baforada.

Acelero o passo para alcançá-lo. A areia da lagoa atrita com meus pés descalços. Sempre me senti melhor tocando o solo da Terra do Nunca. Ela me conhece e eu a conheço.

Magia gosta de magia.

Se ao menos eu tivesse a minha...

Nada disso aconteceu do jeito que deveria.

— Está piorando — Vane admite quando eu o alcanço e o acompanho lado a lado.

— E qual é a solução? — pergunto, porque é sempre melhor focar na ação que na emoção.

— Não sei. — Ele balança a cabeça, dá outra tragada e outra baforada. — Reivindicar a sombra foi um meio para um fim. Nunca tive um plano além de conseguir minha vingança. — Ele me encara com seu olho bom. — Ela quer voltar para sua terra. Posso sentir.

Não gosto do rumo que esta conversa está tomando.

— E você vai dar o que ela quer?

— Não quero voltar para aquele lugar.

Sinto-me aliviado.

Tinker Bell era minha melhor amiga. Assassiná-la deixou um vazio dentro de mim que foi preenchido por Vane, mas sempre com uma aura de impermanência. Sempre soube que um dia ele precisaria partir. Uma sombra pertence a uma terra, não ao homem que a possui.

Só esperava que muito tempo passaria antes disso. Que ele só partiria muito, muito tempo depois.

— Você poderia devolvê-la — sugiro. — Passe-a para alguém da sua ilha.

Ele me encara novamente.

— Não vou reivindicar a Sombra da Morte da Terra do Nunca, se é isso o que você está insinuando.

— Não precisa ser assim tão radical — zombo.

— Seu babaca! Sei que é exatamente isso que você estava pensando.

— Vane...

— Não. Se eu me livrar *desta* sombra, será para me libertar de uma doença que me destrói e consome. — Ele aponta para o olho roxo. — Agora mesmo consigo senti-la nadando sob a superfície como os espíritos da lagoa. Mas, ao contrário deles, o meu quer fazer garotas bonitinhas chorarem enquanto enterra o pau em suas bocetas molhadas.

Ele estremece ao som das próprias palavras.

Não está falando de *qualquer* garota.

Terminado o cigarro, joga a bituca na lagoa e as brasas se apagam. A magia faz com que desapareça completamente. Sumindo como se nunca tivesse existido.

— Tudo bem, então — digo. — Livre-se da sombra e volte a ser como era. Você deve ter poderes que vão além dela. Caso contrário, não teria sido capaz de reivindicá-la.

Ele me olha feio. Este é um assunto que nunca abordamos, mas sobre o qual sempre me perguntei. Um homem comum não poderia reivindicar uma sombra.

Vane balança a cabeça, estabelecendo seus limites. Não pensei que seria tão fácil descobrir seus segredos, mas certamente valia a pena tentar.

— Quanto tempo você acha que tem? — Mudo de assunto.

— O suficiente para passar por esse circo de horrores, suponho.

— Muito bem. Então preciso de alguns favores.

Ele me olha desconfiado.

— Por que tenho a nítida sensação de que vou odiar esses favores?

Eu o ignoro.

— O primeiro é que preciso que você vá até Gancho e peça permissão para entrar em suas terras.

— E sob que pretexto?

— Diga a ele que tenho um Garoto Perdido que saiu da rota. Isso vai nos fazer ganhar algum tempo.

— E o segundo?

Hesito porque sei que Vane não vai gostar desse pedido. Não tenho certeza se eu gosto. Mas o que foi mesmo que ele falou? É um meio para um fim.

— Como você se sentiria sobre chamar seu irmão aqui?

— Para quê? Você realmente quer que eu cutuque aquele ninho de vespas?

— Oh, vamos lá, Vane. Você sabe que seu irmão só faz favores a você.

— Não falo com ele há anos — ele bufa. — Desde a última vez que ele nos ajudou.

— É por isso que preciso dele mais uma vez. Pense nisso como uma apólice de seguro. Um plano B.

— Não chame meu irmão de plano B. E, além disso, da última vez o preço ficou em cima. Que porra você ofereceria a ele agora? — Tento manter o rosto impassível, mas Vane me conhece melhor que a maioria. Encontra meus olhos, estreita seu olhar. — Ah, seu filho da puta, quer dizer que você tem um segredo. Desembucha.

Tenho um segredo que guardo há muito tempo. Não era algo que tivesse qualquer utilidade para mim, mas agora acho que pode ter dobrado de valor se puder me conseguir o que eu quero.

— Wendy Darling nunca voltou para casa.

— Mentira!

Não digo nada. Ele dá vários passos até mim.

— Para onde ela foi?

— Eu pretendia levá-la de volta, mas a viagem não saiu como planejado. E, em algum ponto ao longo do caminho, fiz uma curva errada.

— E? — Vane inclina a cabeça.

— E acabamos na Terra do Sempre.

— *Não.*

— *Sim.*

— E você a deixou lá?

— Foi mais como se ela tivesse sido liberada de seus serviços.

— Puta merda! — Ele dá meia-volta e esfrega o rosto. — E por que você fez isso?

— Ela não era mais útil para mim.

— Pan!

— Se você quer fazer eu me sentir culpado, nem vem, porque vai ficar querendo. O fato é o seguinte: eu sei onde ela está e suspeito que, assim que seu irmão souber que ela está viva em um dos reinos e não em uma pilha de ossos em solo mortal, ele também vai querer saber onde.

— Ele vai te matar, porra. Você sabe disso, né?

Dou uma risada cínica e acendo um cigarro, deixando a fumaça queimar em meus pulmões antes de exalá-la.

— Não estou preocupado com seu irmão.

— Lá vem o babaca arrogante de sempre.

— Pois é! — Sorrio para ele.

Vane balança a cabeça e começa a andar em círculos.

— E como eu convenceria meu irmão a voltar para a Terra do Nunca?

— Diga a ele que precisamos de ajuda com o Capitão Gancho.

— Abanando as cenouras na frente do burro, não é?

— Um rei sempre deve ter um bom estoque de cenouras.

— Acho que é uma má ideia.

— A maioria das boas ideias começa como más.

Ele continua andando de um lado para outro.

— Pois eu estou te alertando contra esta. Espere. Pense um pouco melhor. Tenho certeza de que posso encontrá-lo rapidamente, se necessário.

— Vane...

— *Espere* — ele diz novamente e para. — Eu te imploro.

Há pouquíssimas pessoas que eu não pressionaria para conseguir o que quero. Vane é uma delas.

— Está bem.

Satisfeito, Vane recomeça sua caminhada e logo chegamos à base da Rocha Corsária. Ele olha para o penhasco iluminado pelo brilho do luar. Quando fui atrás dele, sabia para onde estava indo. Quando está no limite, ele adora fazer duas coisas que o ajudam a se acalmar: voar e nadar na lagoa.

Vane está imerso em seus pensamentos, mas percebo que quer dizer alguma coisa. Não sou um homem paciente, mas permito que ele tenha um minuto.

— Você queria acabar com ela — eu arrisco. — Mas se segurou.

— Mas irei — ele suspira. — Mais cedo ou mais tarde, se ela permitir.

— Não vai, não. Você vai acabar cedendo a ela.

Vane faz uma careta para mim.

— Isso é uma ordem?

— É uma previsão.

— Ah, é?

— É. Você vai ceder porque não resta outra escolha e porque é o que você quer.

Vane balança a cabeça e começa a subir pela lateral da Rocha Corsária.

— Ela me irrita. Odeio aquela garota.

Vou atrás dele.

— *Desejá-la* é o que te irrita. E odiar está a apenas um passo de gostar. A linha é incrivelmente tênue.

Ele continua subindo à medida que a colina fica mais íngreme.

— Não sei o que diabos ela quer de mim.

— Então pergunte, oras.

— Como se você já tivesse perguntado o que ela quer.

— Sou um rei. Eu não pergunto, eu mando. E é isso o que ela precisa de mim, então é isso o que dou a ela. Já o que ela precisa de você é diferente, e você precisa descobrir antes de exigir algo que ela não pode te dar.

Vane permanece calado, o que significa que ele aceita que estou certo. Porque, é claro, estou certo mesmo. Sempre estou.

— E os gêmeos? — ele pergunta olhando para trás. — O que ela ganha com eles?

— Sei lá o que ela ganha com aqueles sacanas.

Vane para no meio do caminho. O vento sopra e despenteia seu cabelo quando ele diz:

— Eu sei o que é.

— Então me conta.

— Os gêmeos cuidam dela de uma forma que ninguém jamais cuidou.

Balanço a cabeça em concordância e contemplo a lagoa lá embaixo. De onde estamos, a água parece uma joia brilhante cravada no meio da floresta escura e sinuosa. Achei que, a esta altura, já teria recuperado minha sombra e poderia me conectar novamente com os espíritos da lagoa, os lobos na floresta e a energia vibrando no ar e no chão pulsando com vida.

Ainda tenho um vazio e me sinto oco.

A incerteza começa a brotar dentro de mim, mas eu rapidamente corto suas raízes.

— Temos outro problema que precisamos resolver — diz Vane. — Os gêmeos.

— Eu sei.

— Eles nasceram para ser reis.

— Sim, estou ciente disso.

— E temos duas sombras à solta na ilha.

E agora? Posso confiar nos príncipes fae? Eles sempre me ouviram, antes mesmo de serem banidos. Há muito tempo, Peter Pan foi um aliado da corte fae. Formávamos uma frente unida contra os piratas que chegavam ao nosso litoral querendo roubar o que já havíamos conquistado.

Mas, então, Tink se virou contra mim, e o rei fae seguiu seu exemplo. Tilly sempre fingiu ser uma aliada, e às vezes até acreditei nela. Claramente, fui um tolo.

Os príncipes estão sedentos por um lar e desesperados para recuperarem suas asas.

Desesperados o suficiente para se virarem contra mim?

Não creio que Kas e Bash sejam desleais, mas já fui enganado antes. E pela mãe deles, a quem eu amava como uma irmã, a quem dei tudo o que tinha para dar. O que, como acabei descobrindo, não era suficiente.

Um problema de cada vez.

Se ao menos eu tivesse menos problemas.

9
WINNIE

Volto a mim sentindo a brisa fresca da noite fazendo cócegas nos cabelos finos ao longo da minha têmpora. Estou balançando, ouço cordas rangendo. E não muito longe, à minha direita, está o oceano. Tão perto que posso sentir a umidade em minha pele nua, o sabor salgado na ponta da língua.

— Está acordada, Darling? — A voz de Kas ressoa atrás de mim e levo um segundo para perceber que estamos nas redes de corda à beira da água e estou sobre Kas, que me abraça.

Ele é caloroso, sólido e real.

Sua mão é gentil e seu toque é delicado ao acariciar meus cabelos.

— Estou — murmuro, a voz ainda arrastada de sono.

Eu estava dormindo?

Não consigo me lembrar. Os últimos acontecimentos estão nebulosos na minha cabeça.

É a dor latejante no meu pé que me faz lembrar o que aconteceu.

Vane. O corte. Os gêmeos me dando uma ilusão para aliviar a dor enquanto Pan suturava.

— Por que estamos nas redes? — pergunto, apreciando o balanço constante.

— Um pouco de ar fresco te fará bem — responde Bash da segunda rede. — E estava ficando sufocante dentro de casa. Bem mais fresco aqui.

Talvez fresco até demais. Se não fosse por Kas me abraçando, eu estaria com frio. Por ora, somente minhas pernas estão geladas, então eu me reajusto, entrelaçando as minhas nas dele. Kas usa bermudas, como de costume, então seu calor está próximo e é imediatamente reconfortante.

Estou feliz aqui em seus braços. Contente.

— Pan e Vane? — pergunto e olho em direção à lua.

— Pan foi atrás de Vane — Bash responde. — Tenho certeza de que estão bem.

Tenho um flash de Vane me dominando, apertando minha garganta com a mão, e me contraio, tensionando os músculos ao longo da parte interna das minhas coxas.

Meu pé dói por causa do corte, mas minha garganta lateja bem mais. Tenho certeza de que estou cheia de hematomas.

Vane queria ceder a seus desejos. Pude ver em seus olhos negros, tão negros.

Então, por que se segurou? E será que estou feliz por isso? Ou desapontada?

Eu deveria estar feliz.

Tenho de estar feliz.

Certo?

— Como está se sentindo, Darling? — Kas pergunta, fazendo carinho em meu antebraço. Fico toda arrepiada e chego a estremecer ao receber tanta atenção.

A sensação que tenho agora me lembra das primeiras manhãs de inverno, quando o mundo está escuro e frio, mas você está sentada junto à lareira, com uma xícara de chocolate quente na mão e um cobertor enrolado nos ombros.

Só tive isso uma vez na vida, e é minha lembrança mais vívida, porque chegou a doer de tão bom que foi.

— Estou bem — respondo.

— Vane não deveria ter te atacado daquele jeito — diz Bash.

— Está tudo bem. Mesmo.

Kas suspira em meu cabelo.

— Não, não está.

Estou começando a ver os traços que distinguem os meninos. Pan e Vane são muito parecidos. Brutais, implacáveis e tão cruéis que fazem qualquer um ranger os dentes. Os gêmeos são mais misericordiosos, mas intencionalmente diabólicos quando querem.

Eu gosto de todos eles por razões diferentes, de maneiras diferentes.

E, sim, até mesmo de Vane. Até o Sombrio, com toda sua brutalidade. Quando eu finalmente o tiver só para mim, tenho a mais absoluta certeza de que será um evento do qual não esquecerei tão cedo.

Um pouco além de nosso pequeno arvoredo, ouço passos quebrando galhos caídos pelo caminho. Os gêmeos não parecem preocupados, então eu também não fico.

Cherry aparece alguns segundos depois.

— Oi — ela diz.

— O que você quer? — Bash pergunta.

— Já faz um tempo que não vejo vocês. Está tudo bem?

Kas fica tenso embaixo de mim.

Será que ela está jogando verde para colher maduro? Sinceramente, não conheço a história de Cherry, mas estou definitivamente curiosa a respeito. Tenho a impressão de que nenhum deles a quer por perto, mas também não conseguem se livrar dela, por mais que não se importem com a vida das pessoas ao seu redor.

Então por quê?

— Ouvi Pan gritando mais cedo — ela continua. — E daí vi aquele monte de vidro quebrado. O que aconteceu?

— Pan perdeu a... — eu começo, mas Bash me interrompe.

— Perdeu as estribeiras. Você sabe como ele é.

Cherry cruza os braços e olha para mim. Tento não demonstrar que sei mais do que deveria.

— Winnie? — ela diz.

— Você conhece Pan melhor que eu — murmuro.

Kas dá um apertãozinho de aprovação em meu braço.

Então eles não querem que ela saiba os detalhes do que aconteceu?

— Onde está Vane? — Cherry pergunta em seguida, mantendo a voz intencionalmente neutra.

Bash levanta a mão, apontando o dedo para o céu.

Cherry dá vários passos até a praia e para, admirando as nuvens.

— O que ela... — E é então que vejo uma silhueta escura voando entre as nuvens.

— É Vane? — digo, abruptamente me desvencilhando de Kas, o que faz a rede balançar com força.

— Caramba — Kas reclama e rapidamente finca os pés na areia para nos firmar. — Da próxima vez, dá um aviso, Darling.

— Foi mal! — Pulo para fora da rede e corro até praia, postando-me ao lado de Cherry.

— É incrível, não é? — ela diz, sem tirar os olhos da figura escura que dispara pelas nuvens.

— É ele mesmo? — pergunto.

— Huummmmm. Ele é um dos únicos na ilha, além de monarcas fae, que podem voar.

Assisto, fascinada, ao seu voo ágil, a maneira como mergulha, vira-se e então desaparece em uma nuvem alta e fofa apenas para explodir do outro lado.

— Ele voa quando está com raiva — explica Cherry, transbordando de orgulho. Ela sabe de algo que eu não sei e está feliz por esfregar na minha cara.

— Se eu pudesse voar, usaria qualquer desculpa para sair voando por aí.

Os gêmeos se juntam a nós na praia, um de cada lado. Eles também observam Vane, mas percebo uma emoção diferente no rosto de Bash: *inveja*.

Eles já tiveram asas. Assim como a irmã. Não sei como as perderam, mas sei que foi custoso.

Os dois estão sem camisa, e as linhas retas das tatuagens se destacam em contraste com a pele escura. Todavia, quando me inclino para trás e inspeciono seus ombros, não vejo nenhum vestígio de asas ali. Nenhuma cicatriz ou toco. Nada que insinue que um dia tiveram asas de fada e podiam voar como Vane.

Várias gaivotas guincham na costa, mas nossa atenção ainda está voltada para Vane.

Ele irrompe na frente da lua cheia; em seguida, vira-se de costas. Então, seu corpo fica mole e ele começa a cair.

— Ei — digo e dou um passo à frente. — Isso é normal? Ele deveria estar fazendo isso?

Suas pernas e seus braços estão estendidos enquanto ele cai.

Quanto mais perto chega do chão, mais rápido parece cair.

— Kas? Bash? Ele não deveria estar fazendo alguma coisa?

Kas passa o braço em volta do meu ombro e me puxa para o lado dele.

— Apenas observe, Darling.

Meu coração dispara conforme Vane cai e cai, o chão cada vez mais próximo para cumprimentá-lo. Prendo a respiração. O que diabos ele está fazendo? Se atingir o chão, ele...

No último segundo, Vane se vira e dispara de volta, decolando como um foguete.

Suspiro aliviada.

— Filho da mãe...

— Ele sabe que estamos assistindo — diz Cherry, animada. — Estava só se exibindo.

— Só se for para vocês — Bash desdenha. — Eu é que não tô de pau duro pelo Sombrio.

Observo Cherry ao meu lado, e é difícil não reparar no brilho em seus olhos. Suas mãos estão cruzadas à frente do peito enquanto admira Vane, e, de repente, sou eu que estou com inveja dela. Cherry já o teve. Eu não.

Vane zarpa rumo ao solo mais uma vez, mas agora está claramente no controle e pousa com um baque surdo a dez metros de nós.

Vemos sua silhueta escura vindo em direção à praia.

Cherry está toda boba.

Quando o luar o alcança, ilumina suas bochechas coradas, os cabelos despenteados pelo vento. Ele está mais sexy do que nunca. Talvez porque pareça relaxado. Feliz até.

E, então, ele abre a boca:

— Estão olhando o quê, caralho?

— Como se você não soubesse — dispara Bash, virando as costas e voltando para a rede.

— Oh, isso foi tão incrível! — Cherry saltita nas pontas dos pés. — Tipo, incrivelmente incrível.

Vane passa a mão pelo cabelo, jogando-o para trás.

— Tenho um trabalho para você, Cherry.

— Sim, claro! O que é?

Ele passa por nós e nem sequer olha para mim. Sinto meu estômago afundar.

— Preciso falar com seu irmão — diz Vane — e quero que venha comigo.

— Na boa, eu prefiro não... — Cherry murcha.

— Não foi uma sugestão — diz Vane sem nem olhar para ela. — Partimos em quinze minutos.

— Espere... — Dou uma corridinha para alcançar Cherry. — Quem é seu irmão?

Toda a sua empolgação se esvai enquanto observa Vane subir a colina em direção à casa.

— Gancho — ela me responde, com um misto de amargura e mordacidade. — Capitão James Gancho.

CHERRY

Não quero voltar para o lado de James da ilha, mas jamais deixarei passar uma oportunidade de ter Vane só para mim.

Ele me deu quinze minutos para ficar pronta, então vou usar cada segundo garantindo que estarei bonita e sedutora.

Quando meu irmão me deu para Peter Pan e os Garotos Perdidos, chorei por dias no quartinho onde eles me enfiaram, no final de um dos corredores do andar principal. Longe, muito longe do loft. Isso foi há vários anos. Tanto que parece uma vida inteira. Tenho a sensação de que sempre estive aqui na casa de Pan, a única garota entre os Garotos Perdidos.

Bem... até Winnie.

Não odeio essa Darling como pensei que odiaria. Mas também não gosto dela.

Todos os meninos estão praticamente se estapeando para ficar com ela. E não sei por quê. Os seios dela não são tão grandes quanto os meus, e é magrela como um varapau.

Mas ela é legal. Isso não posso negar.

Só não quero ter que competir com ela por Vane. Passei os últimos anos tentando chamar a atenção dele. Já fiz de tudo, menos me curvar a seus pés e beijar o chão que ele pisa.

Mas teria feito isso também se Vane deixasse.

Só que então... ele finalmente cedeu.

Estremeço só de pensar.

Por mim, tudo bem ter o pior lado de Vane, se isso significa que vou ficar com ele.

Meu corpo ainda dói por causa das... estocadas é a única palavra. Mesmo que seja inadequada.

Ainda estou dolorida entre as pernas, e os hematomas salpicam minha pele. Eu os exibo com orgulho, é claro.

Tenho as marcas de suas mãos em minha pele. Winnie Darling só tem um hematoma na garganta de quando o deixou bravo.

No quarto, coloquei meu melhor vestido, que comprei com meu próprio dinheiro em uma loja de roupas em Darlington. É de um tom profundo de índigo, com um belo decote e saia plissada. No espelho sobre a cômoda, avalio meu reflexo e aliso os cabelos.

Será que Vane prefere meu cabelo preso ou solto? Acho que, se estiver preso, ele poderá ver melhor o *meu* pescoço. Estou mais do que disposta a deixá-lo me estrangular.

Sinto um comichão só de pensar.

Antes de sair do quarto, decido deixar a calcinha para trás.

Quem sabe como Vane se sentirá depois do encontro com meu irmão?! Se Gancho ainda for como costumava ser, Vane vai ficar puto da vida e precisará extravasar.

E terei o maior prazer em ajudar.

Saímos de casa a pé, e Vane não dá um pio. Pegamos a trilha em direção à cidade, porém contornamos o perímetro, mantendo-nos longe da movimentação do centro de Darlington. Todos bajularão Vane se o virem. É inteligente da parte dele pegar as estradas menos percorridas.

— Por que estamos indo encontrar meu irmão? — finalmente ouso perguntar.

Vane tem pernas longas e mantêm um ritmo mais rápido do que as minhas pernas curtas conseguem acompanhar, então tenho que quase correr para me manter ao seu lado.

— Pan precisa de permissão para entrar em seu território.

— Por quê?

— Por que você faz tantas perguntas?

— Foram *só* duas.

— *Já* foram duas.

Continuamos caminhando. Rãs coaxam no pântano à esquerda da estrada e o luar brilha sobre a água salobra. Esta parte da Terra do Nunca fede. Fede a fósforos recém-apagados e flores mofadas.

Vane acende um cigarro, e o tabaco queimando disfarça um pouco do fedor.

— Então... Winnie vai ficar na ilha por algum tempo? — pergunto.

Vane solta uma baforada.

— Não sei.

— Você quer que ela fique?

Ele para de repente, e eu escorrego na trilha de cascalho quando viro abruptamente para permanecer junto a ele.

— Cherry, ouça com muita atenção. — Aceno positivamente, tentando me concentrar, mas Vane é tão bonito que é difícil

pensar em outra coisa além de sua boca em mim. — Cherry! —
Ele estala os dedos.

— Estou ouvindo.

— Eu não quero bater papo nessa maldita viagem. Nada
de conversinha-fiada. Nem uma única palavra. Consegue ficar de
bico calado?

— Hummm... — Isso não soa muito divertido. — Nem
mesmo...

— Nem. Uma. Palavra.

— Mas...

— Puta que o pariu! — ele resmunga para si mesmo e
avança novamente.

Corro atrás dele.

— Vane? — Ele não responde. — Vane? — chamo novamente.

— O quê? — ele ladra.

— Você gosta dela?

Por favor, diga não. Por favor, diga não.

Ele faz uma carranca para mim e eu estremeço sob seu olho
preto e brilhante.

— Cherry.

— Sim?

— Cale a boca, porra!

11
CAPITÃO JAMES GANCHO

A CALIGRAFIA DA RAINHA FAE É ELEGANTE E INCLINADA NO pergaminho amassado.

Tais palavras deixam um gosto na minha boca, que eu ainda não consegui definir se é amargo ou agradável.

Aliemo-nos contra Peter Pan, escreveu a rainha. *Como sói ser.*

A mera sugestão faz meu sangue ferver. Deveríamos ter nos aliado no passado. Também deveríamos ter nos livrado de Peter Pan.

Conjurar a imagem do Rei do Nunca faz meu membro residual arder.

Toda vez que penso nele, estremeço de raiva.

Volto à mensagem para me distrair e esfrego o pergaminho grosso entre o polegar e o indicador. É de boa qualidade. Grosso e aveludado. O pergaminho pode dizer muito sobre um homem. Assim como sua caligrafia. Suas roupas. Sua postura. Sua dicção. Suponho que cada detalhe pode revelar muito sobre um homem. E sobre uma rainha fae também.

Ela termina a carta com: *E posso ajudá-lo a defender-se do Crocodilo, caso ele retorne à ilha.*

Se eu odeio Peter Pan, meus sentimentos pelo Crocodilo são dez vezes piores. Não sei se existe uma palavra no dicionário que baste para definir o que sinto pelo Crocodilo.

Às vezes, quando me deito na cama, eu o vejo em meus pensamentos.

As linhas duras de seu corpo. Os dentes afiados.

Um calafrio preenche a sala, e não sei se é a brisa do mar ou a sensação de minha própria raiva ganhando vida.

Dobro a carta novamente e a coloco com cuidado ao lado da minha pena; vou até a janela e contemplo a baía onde meu navio fica atracado durante a noite. A luz da lua ilumina seus mastros, ressaltando-os contra o céu crepuscular.

O navio de um homem e o modo como é mantido dizem mais ainda sobre ele que o pergaminho que ele usa, e o Jolly Roger diz que sou um homem que merece respeito. Mesmo em uma ilha repleta de magia e bastardos vigaristas.

Mesmo...

Vindo de algum lugar além do meu gabinete, ouço o tique-taque de um relógio.

É lamentável a maneira como meu coração para e meu estômago revira.

É lamentável que o som de um relógio não me faça ver nada além de uma fera e o modo como sua língua lambeu meu sangue.

Saio pisando duro de meus aposentos e vou até o salão principal. Meus homens bebem e farreiam. Não zarpamos para alto-mar há vários meses, e os sinais já começam a aparecer. Estão bêbados, imundos e fazendo arruaça. Alguns estão no meio de um jogo de pôquer, fichas espalhadas sobre a mesa pegajosa.

O tique-taque é tão alto que posso ouvi-lo em meus ossos.

Vejo um relógio de bolso entre a pilha de apostas sobre a mesa de feltro verde e avanço em direção a ele. Vários homens percebem e ficam mudos, o tique-taque fica mais alto, fazendo meu olho estremecer e minha mão doer.

Não, não a minha mão.

Meu gancho.

Quando chego à mesa, os jogadores olham para mim, apreensivos.

— Olá, capitão — diz o homem à minha esquerda. — Gostaria de jogar conosco? Poderíamos...

Levanto o braço e, em seguida, golpeio o relógio com meu gancho. O vidro do mostrador se estilhaça por completo com a força.

Meu gancho atravessou a mesa e preciso dar vários puxões para soltá-lo.

O relógio continua perfurado na ponta recurvada do meu gancho.

Encaro os homens sentados ao redor da mesa.

— Deselegante. Que deselegante!

— Desculpe, capitão. Nós não...

— Eu disse nada de relógios. De nenhum tipo. Vocês sabem o que "nenhum" significa, seu bando de idiotas? Zero. Zero, porra! — Eu me inclino, ficando cara a cara com o patife, que recua e se encolhe. Ele fede a cerveja barata e cigarro velho. Tem vários dentes faltando, e a visão dos buracos em sua boca me dá vontade de esmagar sua cara feia na mesa.

Esses homens não sabem se cuidar?

— Da próxima vez — eu aviso e mostro o gancho com o relógio quebrado —, será o seu globo ocular. Estamos entendidos?

— Sim, capitão. Minhas desculpas, capitão.

— Jas. — Smee pousa a mão no meu braço. — Precisamos conversar.

Meu sangue ferve, e sinto meu rosto ruborizando. Acho que vou arrancar o globo ocular do maldito agora mesmo. Isso vai ensinar uma lição a todos eles.

— Jas!

— O QUÊ? — Eu me viro para Smee.

— Preciso falar com você. Agora.

Ela arranca o relógio da ponta do gancho e me empurra em direção ao gabinete.

Só quando estamos lá dentro, a portas fechadas, é que ela me faz uma careta de reprovação:

— *Deselegante* — diz, ecoando meu ditado favorito.

— Eu disse nada de relógios, Smee!

Ela cruza os braços e continua me encarando. Smee já foi Samira, mas, com apenas cinco anos de idade, Cherry não conseguia pronunciar, e Samira virou Smee.

O nome pegou, e ela permitiu que continuássemos usando o apelido.

Ela se aproxima de mim, as longas tranças estilo rastafári cascateando, pesadas, por seus ombros.

— Por que estava batendo boca?

— Eu não estava batendo boca coisa nenhuma.

A carranca dela se aprofunda sobre os olhos castanho-escuros.

— Você estava gritando e xingando. Claro que estava batendo boca.

Suspiro e me jogo na cadeira de couro atrás da mesa.

— A rainha dos fae me escreveu.

— E?

— E algo está acontecendo. Sinto no ar. Ela está propondo uma aliança...

— Cherry está aqui.

— Como é que é? — Eu a encaro.

— Por isso eu queria falar com você. Claramente não se trata de uma coincidência, agora que sei da carta.

— O que Cherry quer?

Ousei cruzar a fronteira para ver minha irmãzinha duas vezes. Das duas vezes me arrependi.

— Fui informada de que ela está diante do portão com o Sombrio. Estão pedindo uma audiência com você.

— Sob que pretexto?

— Não disseram.

Sinto-me nauseado.

Não quero ver Cherry. Acima de tudo, não quero ver Cherry com o Sombrio. Ouvi as histórias. Às vezes me arrependo de tê-la entregado. Às vezes preciso me lembrar de que ela tinha pouca serventia para mim, e assim ainda é.

Ela sempre foi deslumbrada por Pan e pelos Garotos Perdidos. Mais cedo ou mais tarde, teria se virado contra mim.

Minha irmãzinha é adorável e gentil, até que não é mais.

Foi por isso que, quando Peter Pan capturou Smee em uma de nossas guerras sem fim, entreguei-lhe Cherry em troca do retorno de Smee.

Smee sempre teve mais valor que Cherry. E, de certa forma, tornando-se cativa de Pan, Cherry intermediou a pretendida paz.

Eu jamais colocaria a vida da minha irmã em risco, então a luta acabou.

Na maior parte, é claro. Há alguns dias, Pan matou dois de meus homens porque eles cruzaram a fronteira.

Deselegante, de fato.

— O que quer fazer? — Smee pergunta.

Coço minha mandíbula enquanto penso e sinto a barba raspar.

Algo está acontecendo, e eu quero saber o que é.

— Mande-os entrar — digo.

Hematomas tingem a pele da minha irmã, e a visão deles me deixa agoniado.

O que fizeram com você?

Quero perguntar, mas não creio que ela me diria. Por que me daria qualquer resposta quando eu deveria tê-la protegido?

Além disso, Cherry até pode estar machucada, mas exala orgulho e altivez ali ao lado do Sombrio.

Ninguém envelhece na Terra do Nunca, mesmo assim ela parece mais velha. Cherry herdou o cabelo ruivo-escuro e grosso de nossa mãe. Nós dois temos as sardas dela, mas Cherry tem mais que eu, já que as minhas estão embaçadas depois de tantos anos sob o sol.

Há anos penso neste momento. Tantas vezes repassei mentalmente o que lhe diria quando enfim tivéssemos a chance de nos falar. Mas, agora que ela está aqui na minha frente, não tenho qualquer palavra de conforto para oferecer.

Eu a entreguei ao inimigo. E, embora seja uma prática comum de onde viemos, nunca foi algo que me agradou. Por mais que até hoje eu acredite que tenha sido a decisão certa a tomar.

— Sentem-se — digo aos dois assim que adentram meu gabinete. — Aceitam uma bebida?

— Não — Vane rejeita ocupando a cadeira de couro à frente de minha mesa. Cherry segue sua liderança e se senta ao lado dele. Isso faz minha pele arrepiar.

— Muito bem — falo e me sento. — A que devo o prazer?

— Parece que um de nossos Garotos Perdidos sumiu — diz Vane. — Pan gostaria de sua permissão para procurá-lo em seu território.

Mentira.

A SOMBRA DA TERRA DO NUNCA

Inclino-me para a frente e apoio meu cotovelo na mesa, deixando meu gancho ocupar o centro do palco. Vane não dá a mínima. Cherry parece hipnotizada pela ponta afiada.

Ela era só uma criança quando o Crocodilo devorou minha mão. Mas talvez se lembre dos gritos. Do sangue.

Engulo em seco contra a bile subindo pela minha garganta.

Odeio a visão do meu próprio sangue.

— Creio que um Garoto Perdido tenha certa tendência a se perder — digo.

— De fato — Vane concorda.

Não gosto de lidar com o Sombrio. Gosto menos ainda que lidar com Pan. Quanto mais cedo puder tirá-lo de minha casa, melhor.

Seu rosto me lembra coisas familiares. Coisas que prefiro esquecer.

— Suponhamos que eu permita que Pan cruze a fronteira. O que eu ganho em troca?

Vane nem precisa considerar a questão. Pelo visto, Pan e ele claramente já pensaram nisso.

— Devolveremos sua irmã.

Cherry vira-se abruptamente para ele, boquiaberta.

Ela não sabia?

E por que parece que ela quer gritar?

Por mais que possa me odiar por tê-la usado como moeda de troca, decerto gostaria de voltar para casa se tivesse a chance, não?

Juro que posso ouvir minha irmã rangendo os dentes.

Vane continua impassível.

— Só isso? — pergunto. — Nenhuma outra condição?

— Não.

— E se eu não quiser voltar? — Cherry ladra.

Vane vira-se, lenta e deliberadamente, para encará-la.

— Você não tem nada a dizer sobre o assunto.

— Mas...

Quando o Sombrio olha feio para ela, Cherry cala a boca. Não a culpo. Eu teria feito o mesmo.

— Tenho que cuidar de alguns assuntos — digo. — Darei permissão a Peter Pan para entrar em meu território daqui a duas noites. Vamos dar um tempo para permitir que o Garoto Perdido volte por conta própria. Que tal?

O sorriso amarelo de Vane é mais sinistro que o meu, e sinto os pelos de minha nunca se arrepiarem.

— Tudo bem — ele diz enfim. — Em duas noites.

Então, levanta-se da cadeira e segue para a porta, estalando os dedos para Cherry enquanto sai.

— E quanto à minha irmã?

Cherry mal olha para mim.

Vane, no entanto, olha para trás.

— Pan a trará de volta em três noites.

Cherry está furiosa. Não estou certo de que posso convencê-la a ficar. Mas vou tentar o meu melhor.

— Muito bem.

Quando os dois vão embora, abro a última gaveta da mesa e pego uma garrafa de rum caribenho. Pego os dois copos que estão lá também, sabendo que Smee não está longe.

Ela chega alguns minutos depois de eu servir uma dose para cada um de nós.

— E então? — pergunta, servindo-se do rum.

— Acho que Peter Pan encontrou sua sombra. — Smee não esconde sua surpresa. — E acho que ela está aqui do meu lado da ilha.

Smee senta-se na cadeira que Vane acabou de desocupar, cruzando as longas pernas na altura do tornozelo.

— Isso explica a carta da rainha fae.
— Precisamente. — Aponto para ela.
Sorvemos a bebida em silêncio enquanto considero minhas opções. Quando o copo está vazio, começo a me mexer.
— Você tem um plano? — Smee pergunta ao me seguir de volta para o salão.
— Sim. — Aos meus homens, eu digo: — Vocês, todos de pé!
Smee posta-se ao meu lado. Sua pele escura se destaca em contraste com o branco leitoso de sua camisa. Ela está sem o colete de jacquard e arregaçou as mangas até os cotovelos. Ela cheira a lavanda e sabão. Ouço seu estômago roncar. Smee é capaz de passar o dia inteiro comendo e estar sempre morrendo de fome. Não sei para onde tudo isso vai. Sempre foi magra e ágil.
— O que está fazendo? — ela sussurra para mim.
— Cavalheiros, preciso que esquadrinhem meu território. Comecem pela fronteira e sigam rumo à baía.
— O que estamos procurando? — pergunta um homem corpulento.
— Excelente pergunta. — Coloco as mãos atrás das costas e caminho para o bar. — Estou procurando uma sombra. — Então me viro e os encaro. — A sombra de Peter Pan, para ser exato.

Ofereço uma recompensa de vinte tostões aos homens se encontrarem a sombra e, uma vez que há dinheiro em jogo, eles estão se acotovelando porta afora.
Smee e eu os observamos das janelas de vidro enquanto eles correm pela estrada em direção à fronteira.
— O que está fazendo, Jas?

— Se eu tiver a sombra de Peter Pan — explico —, não terei mais que me preocupar com o Crocodilo. Ou com a rainha fae. Dois pássaros, uma pedra.

— E o que acontece com Cherry se você reivindicar a sombra antes que ela seja devolvida?

Encaro Smee.

— Se eu tiver a sombra, não haverá nada que Peter Pan possa fazer para me impedir.

12
WINNIE

Bem no meio da noite, os gêmeos decidem sair para uma corrida, porque, aparentemente, isso é algo que eles fazem com frequência. Vane e Cherry voltaram de sua missão e estão de mau humor, embora a diferença entre o aborrecimento deles seja a mesma que existe entre um chocolate e um vulcão.

Penso que é melhor deixá-los quietos e decido perambular pelos corredores da casa procurando algo para ocupar meu tempo. Pan deve estar por aqui em algum canto.

Descubro um lance de escadas logo após a entrada de sua tumba e ouço um nítido barulho vindo lá de cima, como se alguém estivesse remexendo nas coisas.

Subo até lá.

Encontro Peter Pan abrindo as gavetas de um grande armário. Está de costas para mim, mas tenho certeza de que percebe minha presença imediatamente.

— O que está procurando?

— Algo para atrair minha sombra para mim. — Ele revira outra gaveta. — Preciso de algum tipo de amarra ou vou ficar perseguindo essa maldita eternamente.

— E essa amarra está por aqui?

— Não sei. Acho que sim. — Ele fecha a gaveta com violência e abre outra.

Este cômodo fica no topo da torre e tem uma grande janela circular para combinar com a da biblioteca. Exceto que esta fica praticamente no nível do chão, então, quando vou até ela, tenho a impressão de que estou olhando através de um portal para outro mundo.

O oceano está pincelado de prateado pelo luar. Ao norte, fica o penhasco escarpado da Rocha Corsária. E, desta altura, consigo divisar alguns dos redemoinhos brilhantes na lagoa azul-turquesa.

Levo um susto quando Pan fecha outra gaveta.

— Vane está bem? — pergunto como quem não quer nada.

Olho discretamente para trás e dou de cara com Peter Pan de frente para mim.

— Sinceramente? Não tenho certeza.

Ele vai até a mesinha ao lado de uma poltrona e abre a única gaveta.

— Eu fiz algo errado? — pergunto perambulando pelo cômodo. — Diga-me como devo agir com Vane.

Sempre me orgulhei de ser capaz de entender as pessoas. Mas Vane é uma exceção que está me enlouquecendo de tanta frustração.

Pan faz uma pausa em sua busca.

— Não creio que haja uma receita de como lidar com Vane.

E então retoma.

— Ele sempre foi assim?

— Impiedoso? De pavio curto? Sim.

— Mas é o jeito dele mesmo ou é por causa da sombra?

— Não sei te dizer. Quando o conheci, ele já tinha reivindicado a sombra para si.

— E ele não é desta ilha?

— Não. — Peter vai até uma mesa enfiada abaixo de uma série de estantes e vira uma caixa de metal. Vários papéis e bugigangas caem, mas aparentemente não é o que ele está procurando.

— De onde ele vem?

— De outra ilha.

— Sim, mas qual? Cherry me disse que eram sete.

— Cherry fala demais.

Ele arranca um livro da estante, segura-o pela lombada e o sacode.

Lembro o que Vane me contou sobre sua ilha, que é um lugar que destrói garotas como eu sem qualquer outra razão além de querer vê-las sofrer.

E estou farto disso, ele dissera.

A maneira como me segurou naquela noite...

Só de pensar, meu corpo inteiro se arrepia e sinto um frio na barriga.

Não sei como conciliar aquele Vane com o Vane que me agarrou pela garganta e me estrangulou contra a parede.

Não me importo que ele seja bruto comigo.

Mas até onde sua sombra pode levá-lo? Qual é a linha? E o que acontece se ele a cruzar?

Pan joga um livro no chão e pega outro.

— Pan?

— O que é, Darling?

— Vane está dormindo com Cherry?

Tento manter minha voz neutra, mas estou babando de ciúmes.

Peter Pan para de procurar o tal artefato mágico misterioso e me encara.

— A Sombra da Morte precisa ter algo para perseguir. Precisa gastar sua energia. Se não, vai começar uma matança desenfreada.

— Isso não responde à minha pergunta.

— Ele estava — admite Pan. — Não sei se continua.

— Eu estava falando sério quando disse que não quero compartilhar nenhum de vocês.

— Não acho que vai conseguir impor essa condição a Vane.

Peter pega um terceiro livro, sacode-o e o joga longe.

— E como posso me aproximar dele? — Ele joga o próximo livro e o seguinte. — Pan.

E finalmente para o que está fazendo.

— Quer mesmo saber como se aproximar do Sombrio? Pare de tentar.

Peter Pan retoma sua busca.

Não tenho certeza se Pan percebeu ou não, mas acho que ele acabou de decifrar para mim o código secreto de Vane.

Faz todo o sentido agora.

É claro que alguém como Vane detesta quando uma garota força demais a barra, e eu me jogo em cima dele o tempo todo. Cherry faz igual, e ele mal consegue suportá-la.

Caramba, fui tão estúpida.

De agora em diante, vou dar um belo gelo nele. Tão gelado que vai chegar a queimar.

Pan encontra um grosso livro encadernado em couro, folheia suas páginas e para abruptamente.

— Achou? — eu lhe pergunto, meio curiosa para saber o que é a tal coisa.

Ele vai até a escrivaninha e repousa o livro aberto, revelando um buraco recortado nas páginas.

— Não me lembro de ter guardado isso aqui, mas ando meio esquecido ultimamente.

Há uma concha preta lisa dentro do esconderijo.

— É isso?

— É isto. — Ele arranca a casca. O corpinho está enrolado em si mesmo como uma onda.

— Não parece nada especial.

— É da lagoa.

— Oh?

— Sua mãe que me deu.

— É mesmo? — Olho para ele intrigada. — E como é que ela possuía uma concha mágica?

Peter pega minha mão e a abre, colocando a concha no meio da minha palma. É muito mais quente do que eu esperava, e sinto minha pele formigar ao segurá-la.

— Quantos anos sua mãe tinha quando você nasceu?

Do jeito que ele pergunta, não soa como curiosidade. Soa mais como uma pergunta trivial.

— Dezenove — digo.

— Lembra que contei que a levei para a lagoa depois que Tilly entrou na cabeça dela? Que ela estava com dor e que achei que a lagoa ajudaria a acalmá-la?

É claro que me lembro. Foi a primeira vez que percebi que Peter Pan tinha um coração.

— Sim — respondo.

— Eu a levei até lá porque ela estava preocupada.

— Com o quê?

— Com o bebê em seu ventre. Com *você*.

PETER PAN

Só depois do primeiro encontro com a rainha Fae que Merry admitiu que estava grávida.

Ela se agarrou a mim, aos prantos, e suplicou:

— Por favor, salve meu bebê. Não quero morrer aqui.

Merry sempre teve um quê que nos fazia agir de maneira diferente.

Desde o momento em que pisou na ilha, ela fora como uma irmãzinha para todos nós.

Odiávamos vê-la sofrer. Eu, especialmente, odiava vê-la sofrer.

Ela entrou nas águas da lagoa e flutuou de costas na superfície turquesa enquanto redemoinhos de luz preenchiam o ar ao seu redor.

— Melhor? — perguntei.

— Muito — ela disse.

Merry ficou ali por horas, e eu fiquei sentado na praia observando-a, assim como as luzes flutuantes, perguntando-me se eu tinha entendido tudo errado, se era hora de desistir de minha busca.

Quando Merry saiu das águas, tinha uma concha na mão.

— Como conseguiu isso? — eu quis saber.

A lagoa nunca renunciava a seus tesouros, por mais que muitos homens tentassem. Vários piratas jaziam mortos lá no fundo, homens que mergulharam e tentaram se apossar daquilo que não mereciam.

Merry olhou para a própria mão e franziu o cenho:

— Não sei. Talvez... *oh.* — Seu olhar se perdeu ao longe, como se ela estivesse ouvindo algo além da minha compreensão. — Tesouro — ela disse. — Para você.

E então me entregou a concha. Assim que a peguei nas mãos, soube imediatamente que era mágica.

E agora o objeto escuro está nas mãos de uma Darling mais de dezoito anos depois.

— Minha mãe... estava grávida na ilha?

Eu me jogo na poltrona, subitamente exausto. O sol está prestes a nascer. Bem mais depressa do que eu gostaria.

— Sim, ela estava — respondo.

— Ela nunca me contou.

Darling se senta na beirada da poltrona diante da minha.

— Isso significa que... de certa forma... eu já estive aqui.

— Errada você não está...

Talvez seja por isso que, quando Winnie está em meus braços, sinto que voltei para casa.

Claro que nunca direi isso a ela nem a qualquer outra vivalma.

Eu não tenho fraquezas, muito menos por lindas mocinhas da família Darling.

— Quando cheguei à ilha pela primeira vez — ela continua —, logo de cara tudo me pareceu tão familiar. Isso é possível?

— Tudo é possível na Terra do Nunca.

Winnie examina a concha mais de perto.

— Tenho a impressão de que está zumbindo.

O fato de ela poder sentir a magia na concha é preocupante, embora não me surpreenda.

— Tem certeza de que isso vai te ajudar a recuperar sua sombra?

— Se eu sou o coração pulsante desta ilha — explico —, então a lagoa é a sua alma. Não lembro nada da minha vida antes de chegar aqui. Minha primeira lembrança é a lagoa. E se tem uma coisa que sei é que tudo o que ela cospe está sempre repleto de magia. Então, sim, tenho certeza. — Minha pele está começando a coçar. — Preciso ir para o subsolo, Darling.

— Ah, é. Tem razão. — Darling se levanta e me devolve a concha.

Ela não está usando sutiã, e seus mamilos estão duros sob o vestido. A suave luz dourada da lâmpada atrás dela a ilumina e a faz reluzir como uma estátua de ouro.

Eu a agarro pelo punho e a puxo para meu colo. Ela solta um gritinho.

— Venha para a cama comigo.

Ela se mexe no meu colo e meu pau começa a se animar.

— Só se você pedir com jeitinho.

Um estrondo começa a reverberar no meu peito. Passo a mão em sua nuca e puxo sua orelha até minha boca.

— Venha para a cama comigo, Darling, minha putinha, que eu vou meter meu pau na sua bocetinha molhada até você implorar por tudo o que é mais sagrado para eu parar.

Um suspiro escapa de seus lábios molhados e ela pressiona as coxas.

Pouso a outra mão em sua perna nua, subindo por sua coxa, e ela fica quase sem fôlego.

Winnie solta um gemidinho suave quando meus dedos param a apenas alguns centímetros de sua vagina.

Juro que posso sentir o seu calor.

— E se eu não estiver cansada? — ela desafia.

Safada.

— Poderíamos começar com um banho. — Deslizo para mais perto e ela abre as coxas para mim. — Afinal de contas, você está imunda.

Ela solta uma risada abafada.

— Estou cheia de porra do Peter Pan.

— Hummm. Bem do jeito que eu gosto.

E eu gosto. Ah, como eu gosto. Quero vê-la pingando, cheia do meu esperma todos os dias, caralho.

O sol se aproxima do horizonte, mas, de repente, não estou com pressa.

Levo meus dedos até a superfície de sua calcinha e passo sobre o tecido molhado. Ela sibila e tenta resistir, mas ainda tenho a outra mão em sua nuca. Ela não vai a lugar algum. Ainda não, pelo menos.

— Venha para a cama comigo — peço novamente. — Diga sim, Darling.

Acaricio seu clitóris, pressionando apenas o suficiente para fazê-la se contorcer.

— Tudo bem.

É só o que preciso ouvir. Eu a levanto de cima de mim, colocando seus pés no chão.

— Depressa, Darling.

Ela corre na minha frente até a torre e desce as escadas.

O sol pode estar nascendo, mas, enquanto eu estiver na escuridão, posso aguentar mais uma ou duas horas.

Tempo suficiente para fazer a Darling gritar meu nome.

14
WINNIE

Conforme prometido, Pan prepara o banho e, enquanto ele está ocupado, eu aproveito para circular por seu quarto.

Este é o espaço que mais tem a cara *dele*.

As paredes são pintadas de um tom escuro de esmeralda que me lembra o verde da floresta da Terra do Nunca. A cama gigante de dossel está coberta por um edredom de linho cinza-carvão, que é ridiculamente suntuoso entre meus dedos.

No canto, fica uma poltrona de leitura, uma mesa e um abajur. Inúmeros bibelôs enfeitam o tampo da cômoda. Uma pequenina fada esculpida em madeira. Um fóssil. Um delicado esqueleto de folha dentro de uma redoma de vidro.

Enquanto a água enche a banheira, examino as pilhas de livros ao redor do cômodo. Alguns deles não têm título nas lombadas, e suspeito que sejam diários, e a vontade de abrir um deles e ler os pensamentos mais profundos e sombrios de Peter Pan é avassaladora.

Mas não.

Eu não ousaria.

Enfileirados entre os diários estão velhos livros encadernados em couro com lombadas que mais parecem costelas. *Admirável mundo novo. Senhor das moscas. Crime e castigo.* Até *Orgulho e preconceito.*

Adoro o fato de que ele e Vane gostem tanto de ler.

— Venha aqui, Darling — ele chama do banheiro assim que a torneira é fechada.

Atravesso o quarto e espio pela porta entreaberta. O banheiro de Pan é grande e foi esculpido direto na pedra. Várias arandelas de ferro forjado embutidas nas paredes iluminam o recinto com uma luz bruxuleante.

Pan está ao lado da banheira larga e funda enquanto o vapor envolve seu corpo nu.

Santíssimo Deus.

Seu pênis está totalmente ereto, as bolas tensas contra seu corpo.

Conforme ele respira, o abdômen se contrai, sombreando as linhas profundas entre cada músculo.

Ele já mergulhou a mão na água e passou os dedos pelos cabelos, deixando-os espetados de um jeito bem malandro.

Apenas dois minutos atrás, minhas mãos coçavam de vontade de folhear seus livros, agora elas ardem de desejo de acariciar seu corpo nu.

Ele vem até mim, seu pau cava minha barriga e minha boceta formiga com o clima de obscenidade.

— Braços para cima — ele ordena, e eu faço o que manda. Pan tira meu vestido, e, assim que meus seios estão expostos ao ar, meus mamilos ficam duros enquanto ele me observa com aqueles olhos azuis faiscantes, causando um arrepio na minha espinha.

— Tire — ele comanda.

Só resta uma peça de roupa no meu corpo, então não é difícil saber a que ele se refere. Engancho meus dedos no cós da calcinha, deslizo-a por minhas pernas e saio dela.

Ele me estende a mão e me ajuda a entrar na banheira. A água está quente e tem a fragrância de Peter Pan, de noites de verão e segredos obscuros. Sinto uma queimadura leve e aguda no corte em meu pé assim que entro na água, mas a dor desaparece rapidamente.

Pan entra pelo outro lado e a água sobe para encontrá-lo. Ele apoia os braços nos joelhos. Gotas de água escorrem por seus bíceps, seguindo a curva do músculo.

Acho que jamais saciarei minha sede por Peter Pan.

Ele estende a mão, agarra meu punho e me puxa para junto de si.

Suspiro embevecida quando ele me aninha entre suas pernas, amparando minhas costas em seu peito. Sinto seu membro duro pressionado contra mim e um formigamento de antecipação arde em meu clitóris.

— Você toma banho com todas as garotas da ilha? — provoco porque estou subitamente nervosa e animada, tudo ao mesmo tempo.

Sei como conseguir o que quero de qualquer homem. Mas Peter Pan não é um homem qualquer. Ele é diferente de toda e qualquer pessoa que já conheci. É uma miragem que estou perseguindo incessantemente, e me apavoram tanto a ideia de alcançá-lo quanto a de jamais alcançá-lo.

Abaixo da superfície da água, ele passa os braços em volta da minha cintura.

— Só as mais sujinhas — ele diz com a voz áspera e rouca ao pé do meu ouvido enquanto sobe a mão, seu polegar roçando a parte inferior sensível de meu seio.

Apesar do calor da água, ainda estou petrificada, desesperada por seu toque.

Ele desliza a outra mão na direção oposta, parando quando alcança a parte interna da minha coxa.

Eu inspiro, expiro, estou inteiramente excitada.

Seus dedos me acariciam ainda mais e eu tremo de ansiedade.

Ele solta meu peito e eu resmungo com a perda, até que sua mão envolve minha garganta e força meu queixo para cima.

— Você gostou de ser usada hoje à noite, Darling?

— Sim — respondo, ofegante. — Talvez mais do que deveria.

— Eu quero que você seja uma boa menina que vai dar gostoso para nós sempre que quisermos.

Meu clitóris lateja sob suas palavras.

— Eu posso fazer isso.

— Pode mesmo?

— Sim.

— Quero você sempre cheia da nossa porra como uma boa putinha. Está me entendendo, Darling?

Gemo enquanto sua mão aperta minha garganta.

— Sim.

— Essa é minha boa menina. — Ele termina a tortura e desliza os dedos pela minha fenda. Choramingo e resisto, mas ele me segura rápido.

Meu clitóris está palpitando e, não sei como, mas ele me trouxe perto do limite com quase nenhum toque.

— Pan — suplico.

— Sim, Darling?

— Me come.

Sem aviso, ele me gira na água e me coloca sentada na borda larga de pedra da banheira. Assobio com o frio repentino na minha bunda.

Peter pega algo atrás de mim, e a ânsia me faz estremecer. Vejo que há um pano em sua mão. Ele o molha e o ensaboa, trazendo o tecido macio até meu peito. O sabonete desliza sobre meu mamilo.

Meu coração bate na garganta e engulo em seco.

— Você está imunda, Darling?

Eu me apoio nos cotovelos, a cabeça jogada para trás, os olhos fechados.

— Estou.

Peter passa para o outro seio, provocando o mamilo antes de apertá-lo entre os dedos, e eu reajo com o choque de dor e prazer.

Estou praticamente zumbindo de tesão entre as pernas, mais do que pronta para levar pau na xota.

Quando essa tortura vai acabar?

Ele esfrega o pano entre meus seios, descendo pelo meu ventre.

— Abra as pernas para mim — ele ordena e eu faço o que fui mandada.

Ele aperta o pano na mão, e água com sabão pinga sobre minha boceta.

— Oh, Deus — eu gemo para o teto. Estou tão excitada que temo que vou gozar ao menor toque.

— Quando está sob meu comando, eu sou seu deus — ele me diz.

O pano acaricia meu clitóris e o prazer floresce em meu âmago.

— Sim, Pan. Ai, porra.

Ele mal deixa a borda do tecido provocar minha abertura, então sobe e contorna meu clitóris. É um toque leve, mas o suficiente para me fazer tremer e quase implorar por mais.

Estendo a mão sem pensar, desesperada por liberação, mas ele a afasta.

— Você não tem permissão para se tocar.

A água espirra quando ele se ajoelha. Abro minhas pálpebras para observá-lo, o movimento dos músculos em seus ombros enquanto ele se move em minha direção. Quando chega à superfície da água, o pênis está duro como pedra.

Peter se inclina para a frente e me dobra ao meio, apoiando a parte de trás das minhas pernas contra seu peito. E, então, esfrega o pau na minha xana molhada, batendo a cabeça da pica no meu clitóris. Ele bombeia para a frente e para trás algumas vezes, seu calor, seu toque quase me fazendo perder os sentidos.

— Não pare — digo com um gemido.

— Como se você pudesse me dizer o que fazer. — Ele passa um braço em volta das minhas pernas, prendendo-me contra si, apertando minhas coxas, criando a quantidade perfeita de fricção e tensão entre nós.

Ele balança novamente, e o sangue pulsa através de mim enquanto um fogo me incendeia por dentro.

— Por favor, Pan. Por favor, não pare.

Ele acelera o ritmo, fodendo meu clitóris.

A tensão aumenta.

O suor brilha em sua testa enquanto a água escorre por seu corpo.

— Ah, você está tão molhada, Darling.

— Sim — eu ofego e aperto minhas coxas com mais força, levando-o contra meu clitóris.

— Onde quer que eu goze?

— E eu tenho escolha?

— Só desta vez.

— Dentro de mim.

Ele ri acima de mim.

— Escolha errada.

Peter bombeia com mais força e mais rápido. Quero sua rola dentro de mim, mas não creio que ele vá ceder ao meu desejo.

Tudo com Pan é sempre uma dança entre o que quero e o que ele vai me dar. E eu amo cada parte disso.

— Estou quase lá — digo a ele porque não quero chegar ao orgasmo sozinha.

— Ainda não — ele diz, a voz tensa por causa das estocadas.

A pressão aumenta e meu corpo fica tenso, mas Pan se agarra a mim, mantendo a velocidade e o ritmo.

— Ai, caralho. Isso! — digo. — Bem desse jeito. — Ele está ficando mais duro a cada segundo, e posso sentir cada veia de seu pau num atrito delicioso com os lábios da minha vagina. — Eu não aguento mais.

— Olhe para mim, Darling — ele ordena. — Quero ver a expressão em seus olhos quando você gozar no meu pau.

Arfante, abro os olhos para ele.

Há uma fome ardente em seu olhar enquanto me observa, enquanto se esfrega, selvagem, em mim.

— Vá em frente — ele ordena. — Goze para mim.

Eu não conseguiria aguentar mais um segundo nem se tentasse.

Um tsunami arrebenta dentro de mim e eu grito, músculos e nervos em frenesi.

Instintivamente, quero me soltar, quero me enrolar, mas Pan me mantém no lugar enquanto persegue o próprio prazer, os dentes cerrados num gemido gutural.

Meus nervos disparam e eu tremo embaixo de Pan quando ele goza também, derramando toda sua porra em cima de mim. A semente quente de Peter Pan melecando meu clitóris, escorrendo pelo meu centro.

Quando ele cai do outro lado e eu paro de tremer embaixo dele, Pan finalmente se afasta e me contempla, de pernas abertas para o rei.

— Darling, minha putinha safada — ele diz, com a voz rouca enquanto recupera o fôlego. — Do jeitinho que eu gosto.

15
KAS

Bash e eu gostamos de correr pelo perímetro do território de Pan. Fazemos isso quase todos os dias e, inevitavelmente, quando passamos pelos arredores do território fae, diminuímos o ritmo e nosso olhar se perde.

Não conseguimos avistar o palácio em nossa trilha favorita, mas conseguimos pressenti-lo através da floresta.

Hoje nós paramos, ofegantes, o suor escorrendo em nossas costas. O dia está quase irrompendo no céu e os animais noturnos da floresta da Terra do Nunca já estão quietos. Exceto por nós.

— Tenho uma pergunta para você — diz Bash, com as mãos nos quadris. Ele está andando de um lado para outro diante da trilha que leva da parte da ilha sob o domínio de Pan para a parte sob o domínio de nossa irmã.

— Estou ouvindo — digo e me inclino para a frente, o que facilita pegar todo meu cabelo e prendê-lo com o elástico no usual coque. Às vezes penso em cortar, como meu irmão gêmeo, assim ficaríamos idênticos de novo. Ele cortou os cabelos logo depois de sermos banidos.

Se nossa família não me quer mais por perto, então eu também não quero mais os costumes, foi o que ele disse.

Cabelos longos têm uma simbologia muito importante para a família real: força, virilidade, poder, status. Mas, para nossa Nani, era o símbolo infinito da ilha e da terra, quase como o capim-doce que cresce ao redor do palácio.

— Nós tocamos a grama — Nani me disse quando eu era garoto, enquanto passava os dedos pelas pontas macias dos galhos floridos — e a grama se lembra. Se cortamos a grama, ela se esquecerá de quem nós somos, e não queremos que a ilha nos esqueça, jamais. — Ela, então, virou-se para mim e me fez um cafuné. — O mesmo vale para nossos cabelos. Eles são uma manifestação física de nossas lembranças e nossas experiências. Passamos os dedos em nossos cabelos e nos lembraremos de quem somos.

Ela morreu quando Bash e eu tínhamos apenas sete anos.

Às vezes, eu me pergunto como teria sido nossa vida se ela tivesse vivido mais tempo.

É claro, Nani também odiava nossa mãe. Se Pan não tivesse matado Tink, Nani teria acabado com a raça dela mais cedo ou mais tarde.

Ela não aceitava que nosso pai tivesse se casado com uma fada doméstica comum.

— Você teve a impressão — diz Bash — de que nossa querida irmã estava planejando alguma coisa quando veio ao loft? Não só quando tentou embaralhar o cérebro da Darling, mas algo além disso.

Eu me endireito e o suor escorre por minha testa. Enxugo com as costas da mão.

— Talvez — admito. — Ela parecia ansiosa demais para colocar as garras na cabeça de Winnie.

— Exatamente! — Bash continua com as mãos nos quadris, mas agora anda em círculos. — Quer apostar quanto que ela já sabe que a sombra de Pan retornou para a ilha?

— Só aposto quando sei que posso vencer.

Bash assente.

Tenho pensado muito em nossa irmã ultimamente. Sobre suas mentiras. Sobre nossas verdades. Será que ela sabe por que Bash e eu matamos nosso pai?

Será que um dia ela poderia nos perdoar e nos permitir voltar para casa?

É difícil não me apegar à esperança de que ela poderia mudar de ideia. A esperança é a boia, e eu estou me debatendo na água há muito tempo; a correnteza do mar me arrastando.

Não posso me soltar. Não vou.

Mas a Darling mudou tudo.

Em primeiro lugar, nossa irmã ia embaralhar a mente dela, exatamente como fez com Merry. Ela sabia o que estava fazendo e foi em frente mesmo assim.

Em segundo... se deixarmos Peter Pan e a casa da árvore, também deixaremos a Darling. Pan jamais permitiria que a trouxéssemos conosco. E, só de pensar em deixá-la para trás, meus ombros se tensionam e meu estômago revira.

Além disso tudo, faz muito tempo que Tilly não parece mais ser minha irmã, e não sei como lidar com esse sentimento.

Quando olho para ela, é como olhar para um estranho. Será que é porque nós mudamos e ela não? Porque nos tornamos sombrios e indefensáveis? Ou seria a distância entre nós? Se voltássemos para casa, será que isso mudaria? Será que a proximidade faria florescer a familiaridade e ficaríamos em bons termos novamente?

Paro diante da entrada da trilha que leva para nossa casa. Está coberta pela vegetação. Não há muita gente que viaja entre o território de Pan e o de Tilly. Não desde que ele matou Tink e nós fomos banidos.

— Tenho uma ideia — digo.

— Boa ou ruim? — indaga meu gêmeo.

— Acho que as duas.

— Meu tipo favorito. O que é?

— Vamos visitar nossa querida irmã.

Bash me encara, perplexo.

— Tenho de discordar, irmão. Esta é basicamente uma má ideia. Mas gosto mesmo assim.

Andamos até o palácio, o suor ainda escorrendo por nossas costas, encharcando nossas camisetas. Se queríamos quebrar as regras e dar as caras no palácio fae mais uma vez, talvez deveríamos ter nos esforçado um pouco mais para nos preparar e nos vestir de acordo.

Mas creio que somos quem somos, independentemente de como nos vestimos, e, se a grama se lembra, o palácio também vai se lembrar de nós.

Ao chegarmos ao palácio, no fim da trilha, o sol já está alto e o céu irradia em tons de amarelo, laranja e rosa. Um bando de pássaros passa voando num v além do palácio, e, no mesmo instante, sinto uma saudade dolorida de minhas asas.

Já faz tempo demais desde a última vez que estive nos ares.

— Acha que vão atirar na gente assim que nos virem? — Bash pergunta ao meu lado. Há certa frivolidade em sua voz, mas sei que está falando sério. Podemos muito bem ser alvejados.

O caminho se estende até o topo de uma colina gramada e avistamos o palácio.

Bash e eu o contemplamos em silêncio.

Construído em pedra branca extraída do subsolo por um exército de brownies. Foi erigido na encosta, de modo que metade fica acima do solo e a outra metade fica abaixo. Inúmeros pináculos espiralados se erguem em direção ao céu como grandes conchas fusiformes.

A pedra brilha à luz da aurora.

Meus olhos ardem ante a visão de nossa casa real.

— Bem... — Bash pigarreia. — Eu não estava preparado para ver isso — finaliza.

— Nem eu — admito.

— Poderíamos voltar agora — diz ele, com o olhar ainda no palácio. — Ninguém saberia.

— Nós saberíamos.

— Suponho que sim. — Ele começa a avançar. — Portanto, quando chegarmos lá, entraremos de cabeça erguida. Afinal, somos os príncipes fae. Banidos ou não.

Não somos recebidos com balas.

— Pequenas vitórias, hein? — Bash se vangloria, arqueando as sobrancelhas para mim.

— Não levar um tiro na bunda. É esta vitória que estamos celebrando?

Meu irmão ainda ri quando chegamos ao portão. Há dois guardas a postos, munidos com espadas de batalha.

Eles parecem fora de forma, no entanto, e entediados além da conta.

Pelo menos até notarem nossa presença.

— Vossas Altezas Reais — saúda o mais alto com uma profunda reverência. — Que prazer!

— Gostaríamos de ver nossa irmã — anuncia Bash. — Poderia fazer a gentileza de nos deixar entrar?

Os guardas trocam olhares.

— Se precisam pedir permissão para cumprir suas obrigações — digo —, então vão em frente. Não temos o dia todo.

Eles gaguejam e se atropelam ao falar:

— Claro que não, senhores. Abriremos agora mesmo. Por favor, queiram entrar.

Eles destrancam o portão e a alavanca faz um barulho alto. Cada homem fica de um lado e tem de empurrar com força para abri-lo. Se bem me lembro, o portão foi feito pelo brownie que matamos, o mesmo que conspirou contra Peter Pan.

Um excelente artesão, aparentemente, mas péssimo em planejar vingança.

Uma vez dentro dos portões, seguimos o caminho de paralelepípedos até as portas duplas em arco que descem para a sala de recepção e, além dela, no subsolo, vamos em direção à sala do trono.

Ao empurrarmos as portas, elas rangem nas antigas dobradiças de ferro. Os corredores pululam de vida tal como me lembro. Fadas com asas, fadas com chifres e fadas de pele verde se misturam às trepadeiras das paredes.

Todos os olhares se voltam para nós assim que entramos e, depois, voltam-se para nós novamente.

Tudo é igual, mas, ainda assim, tudo mudou.

Nunca estivemos aqui sob o governo da nossa irmã. Fomos banidos e expulsos do palácio poucas horas depois da morte do nosso pai. Nossa irmã foi coroada na noite seguinte.

— Quem entrou no meu palácio e causou agitação? — A voz de Tilly ressoa pelos corredores. Bash e eu nos entreolhamos, ligeiramente impressionados.

— Seus lindos irmãos mais velhos — Bash responde.

A multidão fica em silêncio.

Há mais alguns guardas a postos na entrada da sala do trono, mas eles também parecem fora de forma e despreparados. Certamente distraídos demais com a nossa chegada para desembainharem as espadas em tempo hábil.

O que nossa irmã andou fazendo nos últimos anos? Nenhum de seus guerreiros parece pronto para a guerra.

Bash e eu jamais os teríamos deixado ficarem tão moles. Nem em um milhão de luas.

Tilly desce do trono e vem em nossa direção. Suas asas são iridescentes à luz dos orbes brilhantes que pendem das trepadeiras no teto. Ela as deixa vibrar enquanto se aproxima, como se quisesse esfregar na nossa cara que ainda tem asas.

Mesmo quando criança, nossa irmã era calculista e cruel. Afinal, aprendeu com a melhor. Nossa mãe era a rainha da crueldade.

— Deixem-nos a sós — ela diz aos cortesãos, que se espalham feito moscas. O hall e a sala do trono ficam vazios em instantes. Não posso deixar de admirar o domínio que minha irmã tem sobre eles. Eles podem estar fora de forma, mas pelo menos sabem obedecer.

— Entrem aqui — diz ela — e fechem a porta.

Como se seguíssemos seus comandos.

Mas Bash e eu estamos aqui em uma missão e talvez seja melhor desempenharmos nosso papel — por enquanto.

Entramos na sala do trono e fechamos as portas internas com um estrondo. É um som que me lembra da minha infância, quando Bash e eu entrávamos furtivamente na sala do trono e nos escondíamos embaixo das mesas enquanto nosso pai cuidava dos negócios. Às vezes, ele nos encontrava e nos expulsava. Às vezes, acho que sabia que estávamos lá e nos deixava ficar.

Tilly vai até o bar e enche três taças com vinho de fadas. Ela não nos serve, no entanto. Deixa os copos sobre o balcão do bar.

— Vocês não deveriam estar aqui.

Bash circula pela sala do trono, com as mãos caídas ao lado do corpo, como quem não quer fazer mal a ninguém.

— O que está tramando, minha querida irmã?

— O que quer dizer?

— Seu brownie está morto — digo e dou vários passos lentos e deliberados em sua direção.

Tilly fica rígida, e os nós de seus dedos ficam brancos quando ela segura o copo com mais força.

— E eu aqui me perguntando para onde ele teria ido — diz ela, fingindo que não acabamos de lhe desferir um golpe brutal.

Quero imaginar que, depois que nos baniu, ela deve ter sentido muita falta de amigos. O brownie provavelmente era o único em quem podia confiar. Os fae seguem seus líderes, até que um belo dia não seguem mais. Basta um passo em falso, uma demonstração acidental de fraqueza, e alguém desafiará nossa irmã para um duelo. Estou surpreso que ela ainda não tenha sido desafiada. Ela é jovem e inexperiente em comparação com nossos líderes anteriores. E jamais foi preparada para governar. Bash e eu deveríamos ser os corregentes. Nascemos para o trono. Ela nasceu para se casar.

— O brownie nos contou o que você estava planejando — Bash mente.

Tecnicamente, tudo o que o brownie nos disse foi que Tilly queria o que era melhor para a ilha e, quando o confrontamos

A SOMBRA DA TERRA DO NUNCA

sobre nossa querida irmã embaralhando propositalmente a mente das Darling, ele não negou.

Tilly nos observa por trás do brilho de sua taça de vinho.

Além de ser cruel, nossa irmã também era uma garotinha ridiculamente competitiva. Mais de uma vez, ela venceu Bash e eu em um jogo de Ossos & Lâminas. Mas, às vezes, Bash e eu a deixávamos vencer só para que ela não fizesse birra.

E ela está com aquela expressão agora, como se estivesse prestes a virar o tabuleiro do jogo pela sala.

— Você acha que eu não sei o que estão fazendo? — Ela toma um gole e, então, deixa a taça de lado. Esse vinho deveria ser nosso, não dela. Nós é que sempre tivemos a fama de festeiros na corte. Acho que ela estava esperando que viraríamos todo o vinho até ficarmos bêbados e descuidados.

— O que estamos fazendo? — Bash pergunta inocentemente enquanto caminha até o trono. Nosso pai nos prometera que mandaria fazer um segundo para que Bash e eu pudéssemos governar lado a lado. Com o passar dos anos, porém, à medida que o segundo trono tardava a aparecer, Bash e eu começamos a nos perguntar se nosso pai tinha outros planos.

E acabamos descobrindo que sim, embora seja difícil dizer até que ponto ele realmente levava isso a sério até a morte de nossa mãe. Tink mudou tudo.

— Você está tentando me fazer admitir alguma coisa, só não sei o quê. O que quer que o brownie tenha lhe contado, não era verdade — diz Tilly. — Mas se houver algo em particular que vocês desejam, basta pedir.

Ela dá alguns passos para a esquerda, colocando distância igual entre ela e nós.

— Queremos nossas asas de volta — digo. — Mas você já sabia disso.

— Não posso fazer isso. Não enquanto estiverem banidos.

— Poderíamos ser "desbanidos". — Bash sobe os três degraus da plataforma e apoia o braço nas costas do trono, sorridente.

Não estou exatamente chateado por um segundo trono nunca ter aparecido, considerando que este é feio pra caramba. Fundido em bronze, é grande e exagerado. O encosto de bronze imita raios solares. Se fosse só isso, acho que eu até poderia ter apreciado a simplicidade, mas quem o projetou deve ter olhado e dito: *Mais. Eu preciso de mais.* Enrolados em torno dos raios de sol, também em bronze, estão trepadeiras, esquilos, abelhas, cobras, sapos, besouros... Os pés foram esculpidos à semelhança das patas de um urso, e os braços curvados foram moldados para se parecerem com as garras de um pássaro.

É tudo demais. Assim como a corte fae. Sempre demais.

— Não posso simplesmente revogar sua punição — diz Tilly. — Não sem um motivo de força maior.

Ahhhh, aí está.

A isca.

Bash e eu nos entreolhamos. Não podemos usar nossa linguagem fae aqui para ter uma conversa secreta. Afinal, Tilly a conhece.

Meu irmão gêmeo e eu, porém, nem sempre precisamos de palavras para nos comunicar.

— Não temos nada para lhe oferecer — digo, quando, na verdade, temos duas ofertas muito grandes: duas sombras fugitivas.

Nossa irmã mataria para reivindicar uma delas. Não tenho dúvidas.

Ela se vira para Bash, a longa trança deslizando sobre as costas sedosas de seu manto azul-real.

— Você veio aqui por um motivo — ela diz a ele. — Se não for para negociar seu retorno com algo que eu possa usar, temo que esteja perdendo seu tempo.

— O brownie disse que você queria Peter Pan morto — diz Bash.

Ela paralisa.

Outra mentira — o brownie não nos disse isso —, mas sabemos que é verdade.

— Ele matou nossa mãe — diz Tilly, como se precisasse se defender. — Ele perdeu a sombra. A aposentadoria de Peter Pan é necessária há muito tempo.

— E por se aposentar você quer dizer... — Deixo a frase sumir.

— Morte — Bash completa.

Tilly consegue parecer indignada com tal sugestão.

— E se te ajudássemos nesta missão... — continuo.

— Então você, nossa querida irmã, iria... — Bash acrescenta.

— Devolver suas asas — ela diz calmamente.

Não há nada que eu queira mais.

Bem... talvez meu lugar de direito no leme da corte fae. Não porque quero governar, mas porque nasci para isso. E levo meus deveres muito a sério. É como uma coceira que não posso coçar.

— E quanto ao nosso banimento? — Bash pergunta, afastando-se do trono.

— Posso devolver suas asas, mas a corte jamais aceitaria o retorno de vocês.

— Besteira — rebate Bash.

— Você sabe por que matamos nosso pai? — pergunto.

Bash lança um olhar em minha direção. Essa pergunta está indo muito para o lado pessoal, mas preciso que Tilly saiba. Preciso que ela saiba por que tomamos essa decisão.

— Vocês estavam com raiva dele — ela responde, o que não poderia ser mais vago.

— É claro que estávamos com raiva dele. — Bash arranca um dos galhos finos das trepadeiras que crescem nas paredes e o torce em um nó.

— Mas por que estávamos com raiva? — eu lhe pergunto e percebo o leve nó em sua garganta enquanto ela engole em seco.

— Estávamos com raiva — diz Bash — porque ele nos disse que planejava nos deserdar do trono.

Observamos a reação dela. Nossa irmã pode ser astuta, mas nunca conseguiu mentir para nós.

Estou surpreso por não ver nenhuma reação.

É hora do próximo segredo para testá-la.

— Papai já estava morrendo, você sabia disso?

Ela fica boquiaberta.

Finalmente conseguimos surpreendê-la.

— Ele queria se vingar de Peter Pan por matar Tink, então foi nadar na lagoa, na esperança de conseguir mais poder. Em vez disso, saiu de lá morrendo.

— A partir daí, aproveitou seus últimos momentos para traçar um plano — continua Bash. — Mas esse plano consistia em nunca permitir que seus filhos assumissem o reino.

— *Vocês simpatizam com Peter Pan,* ele nos disse. *Não merecem governar.*

— E agiu pelas nossas costas — digo. — Ele queria que a ilha se unisse contra Peter Pan e sabia que estava ficando sem tempo para conseguir fazer tudo sozinho. E, então, ofereceu *sua* mão em casamento ao Capitão Gancho, que concordou.

— Ele ia leiloar você como se fosse um objeto — diz Bash, com a voz embargada.

A SOMBRA DA TERRA DO NUNCA

— E foi por isso que o matamos — termino. — Para te proteger e proteger nosso lugar de direito na corte.

Nossa irmã pisca. Mas aperta os lábios com força, e sinto todo o sangue sair de meu rosto.

Estou totalmente entorpecido e, de repente, suando frio.

Tilly sabia.

Tilly sabia, caralho?

Bash e eu nos entreolhamos, e posso ver minha própria raiva refletida em seus olhos.

Depois de matarmos nosso pai, fomos imediatamente isolados de nossa irmã e nunca tivemos oportunidade de nos explicar. Atribuímos a culpa de nosso banimento a outros nobres fae que nunca gostaram de nós, que sempre quiseram uma marionete no trono.

Fazia sentido para nós.

Mas talvez tenha sido Tilly o tempo todo.

Vou acabar com a raça dela, digo ao meu irmão.

E eu vou te ajudar, ele diz.

Investimos contra ela.

— Parem! — ela grita e estende a mão, então o chão imediatamente vira areia movediça.

Cambaleio. Bash bate os joelhos e suas mãos ficam presas na lama.

É tudo uma ilusão. Conheço essa magia. Posso até sentir o cheiro fraco no ar. Doce como a madressilva, com bordas terrosas como a da erva-doce.

Estou surpreso por ter tanta dificuldade em lutar contra.

Nossa querida irmã tornou-se mais poderosa em nossa ausência.

Tilly respira fundo e se recompõe.

— Sim, eu sabia o que nosso pai planejava fazer. — Ela cruza as mãos atrás das costas, seus olhos iridescentes brilhando. — Ele veio até mim primeiro porque sabia que eu faria o que precisava ser feito. Nenhum de vocês jamais foi motivado o suficiente para fazer os sacrifícios de que as fadas precisavam. Peter Pan matou nossa mãe, e vocês nem piscaram.

— Ele não tinha direito à sua vingança? — Bash rosna. — A mãe era uma vadia de coração frio que o traiu. Diga o que quiser sobre Pan: ele pode ser cruel e perverso, mas você nunca acordará com a faca dele nas costas.

Tilly bate as asas com raiva atrás de si, e as bordas ficam vermelhas.

— Papai estava certo em deserdar vocês dois. Vocês desonram as fadas. Não me arrependo das decisões que tomei. Eu teria me casado com o Capitão Gancho e teríamos nos unido para derrotar Peter Pan.

— E depois? A rainha fae teria um pirata como marido?

— E nossa mãe não era uma fada comum? E ela ganhou seu lugar na corte, exatamente como Gancho teria feito.

— Não acredito em uma palavra do que você está dizendo — zombo.

Tilly torce os lábios.

— Ok, você está certo. Ele teria sido uma pedra no meu sapato. Os homens da Terra do Nunca sempre se acham merecedores de governar, mesmo quando não merecem.

Ela se vira de novo, as asas imóveis.

— Eu teria feito na ocasião exatamente o que planejo fazer agora.

— O que é?

O sorriso que toma conta de seus lábios carnudos é realmente diabólico.

— Invocar seu maior medo para lidar com ele e, assim, ficar livre para governar a Terra do Nunca sozinha.

Tilly fala com tanta arrogância e orgulho. Como nossa irmãzinha mudou sob o mundo cruel da corte das fadas.

— Sei que posso fazer melhor — ela acrescenta. — E *farei* melhor.

Ouço as palavras que ela não disse.

— Tilly, o que você fez?

Tento sair da areia movediça, mas ela me puxa cada vez mais fundo.

— Dois coelhos, uma cajadada. Lembram-se desse ditado? Era o favorito de Nani.

— Desembucha logo, irmãzinha — diz Bash, avançando, testando a força da areia.

— Existe alguém capaz de lidar tanto com Gancho quanto com Peter Pan.

Eu me sinto congelar por dentro

— Não — diz Bash. — Não me diga...

— O Crocodilo — ela diz.

Caralho.

Tilly sorri.

— Invadir a mente das Darling ao longo de todos esses anos me permitiu colher algo de valor: segredos de Peter Pan. Pan está escondendo algo do Crocodilo, e ele não vai ficar nada feliz quando descobrir. Quando tudo for dito e esclarecido, o Crocodilo terá devorado tanto Pan quando Gancho, e eu serei a única que restará de pé.

Tilly nos dá as costas, fechando as asas com força. O chão retorna à pedra e estamos imediatamente livres.

— Sugiro que escolham um lado — ela nos avisa ao se retirar. — E, se quiserem viver, sugiro que escolham o meu.

16
WINNIE

Acordo sentindo a pressão do pau duro de Peter Pan na minha lombar.

O quarto está escuro e silencioso; é impossível saber que horas são. Estou meio bêbada de sono, mas descansada, e suspeito que deve ter algo a ver com toda a trepada, a excitação, a água quente do banho e Peter Pan dormindo de conchinha comigo quando fomos para a cama.

Meu coração está feliz e contente, e me apavora a ideia de que tudo isso seja passageiro.

Como posso me agarrar a este momento?

Como faço para esta ser a minha vida?

Tenho medo de estourar essa bolha e ser forçada a retornar para casa, para uma vida que nunca quis e à qual nunca me ajustei.

Se ao menos eu puder me agarrar... e me agarrar...

Eu me espreguiço e acabo despertando Pan, que empurra os quadris para a frente, esfregando o pau em mim.

Ele aconchega o nariz em minha nuca e inspira fundo, puxa-me pela cintura e abraça-me mais apertado.

Peter Pan disse que não sabe ao certo de onde veio, mas às vezes me pergunto se ele seria algum deus antigo, porque quero venerá-lo.

Cada segundo que estou com ele parece um puta de um milagre.

— Está acordada, Darling?

— Mais ou menos.

Ele também se espreguiça, enroscando as pernas nas minhas.

— Dormiu bem?

— Melhor do que há muito tempo. Cada noite na Terra do Nunca é melhor que a anterior.

Respirando fundo, Pan sorve meu perfume e dá um beijo em meu ombro nu, e então...

Solta um gemido gutural.

— O que foi? — pergunto.

— Vane está chegando.

Gelo. Dar um gelo. Preciso me lembrar, porque meu corpo inteiro já está vibrando como uma sinfonia e meu âmago se retorcendo como uma mola.

— Diga para ele ir embora.

— Tente dizer ao Sombrio para ir embora e veja o que você consegue. — Peter ri e me puxa para mais perto. — Mais dia, menos dia, ele vai melhorar, Darling — Pan me garante. — Acho que, quando tudo isso acabar, ele voltará para sua ilha e abrirá mão de sua sombra.

Eu giro para encará-lo.

— Ele vai o quê?

A porta da tumba range ao ser aberta e uma luz baça se infiltra no quarto. Vane alcança o interruptor e acende a lâmpada, e eu cubro os olhos com a mão para protegê-los do clarão intenso que nos assalta.

— Por que não estou surpreso de encontrar uma vadia na sua cama? — diz Vane.

Afasto a mão com a intenção de fazer uma careta para ele, mas é impossível quando o filho da mãe tem aquela aparência.

Está vestindo uma camisa preta de botões que, por algum motivo, está quase toda desabotoada e enfiada em calças pretas. A fivela de metal do cinto se destaca acima de sua virilha, e fico com sede só de pensar em abri-la para ver o que ele tem a oferecer.

Tem um cigarro pendurado na boca, a fumaça emoldurando-lhe o rosto. A luz que vaza da escada atrás dele o tinge com pinceladas douradas.

Contudo, são os olhos negro e violeta fixados em mim que me matam.

Engulo em seco. E sei que ele percebe.

Tento responder ao insulto com uma tirada inteligente, mas o melhor que consigo é:

— Melhor uma vadia que uma cama vazia.

— Você pode se juntar a nós — Pan diz atrás de mim, e eu fico rígida em seus braços.

Meu pescoço dói da noite passada, o terror ainda presente. Eu quero e não quero que Vane ceda. É como decidir pular de um avião. Você sabe que terá uma aventura para contar durante anos, mas, ao mesmo tempo, e se o seu paraquedas falhar? Não vai contar nada a ninguém porque estará morto.

— Você me conhece, Pan — Vane diz enquanto apoia um ombro contra a porta aberta. — Sabe que não perco meu tempo com boceta fácil.

Agora fico zangada. Filho da puta miserável...

Deslizo da cama completamente nua. O olhar de Vane mergulha em meus seios e desce até o v entre minhas pernas antes de voltar correndo para encontrar meus olhos, como se de repente lembrasse que me odeia.

— Se odeia boceta fácil, então por que trepa com a Cherry?

Sem nem piscar, ele rebate:

— Porque ela não é você.

A resposta dói mais do que eu gostaria de admitir, e sei que o choque fica registrado em meu rosto como um tapa.

Pelo mais breve segundo, posso jurar que a expressão de Vane cai como se ele quisesse retirar o que disse.

Mas então me lembro do conselho de Pan. Estou claramente forçando a barra. Menos, muito menos, Winnie.

— Faz sentido — digo. — Melhor eu subir e ver se os gêmeos fizeram café. — Apoio um joelho na beira da cama, propositalmente virando minha bunda para Vane ao me curvar para beijar Pan nos lábios. Fico ali, arqueando as costas, empinando a bunda e abrindo um pouco as pernas para que Vane possa me ver por inteiro.

Pan sorri para mim, ciente do que estou fazendo.

— Cuidado, Darling — ele ronrona.

— Claro, meu rei. Serei uma boa menina. Só para você.

Ouço Vane resmungar atrás de mim.

Pan me beija de novo, longo e profundo, sua língua encontrando a minha.

Estou imediatamente molhada. Mas não é só por causa do beijo. É por causa de Vane nos observando.

Por que ele resiste? Quando vai ceder?

E será que Pan estava falando sério quando disse que Vane iria retornar à sua ilha para devolver a sombra? E por que isso me faz pinicar como se estivesse coberta de urtigas?

Quando Pan interrompe o beijo, fico um pouco tonta e, ao me endireitar com pés no chão, cambaleio.

De repente, lá está Vane me amparando. Dentes cerrados, mandíbula contraída, e então seu olhar recai em meu pescoço, onde tenho certeza de que a pele ainda está lacerada por seu toque.

— Diga aos gêmeos para passarem um pouco de unguento nisso — ele me ordena. — Vai ajudar com os hematomas.

Por que não consigo respirar fundo?

Meu coração martela em meus ouvidos. As mãos de Vane ainda estão em mim, e ele está tão perto que posso sentir o calor da sua respiração na minha pele. Estou coberta de arrepios e mais tensa que uma mola esticada.

Como posso lhe dar um gelo quando ele age assim?

Sou uma flor presa em uma faixa de sombra, desesperada por sua luz.

E acho que esta é a parte mais cruel disso tudo: ele poder me tratar assim e depois me odiar imediatamente.

— Vá logo — ele manda. — Preciso falar com o rei.

Respiro fundo e dou-lhe um rápido aceno de cabeça antes de pegar minhas roupas e subir correndo as escadas.

Encontro os gêmeos na cozinha, e eles parecem de mau humor.

Ambos estão sem camiseta. O cabelo de Bash está molhado como se tivesse acabado de tomar banho. Brilhante como uma mancha de óleo contra a luz. Ele está na ilha misturando ingredientes enquanto Kas está apoiado no balcão atrás dele, com uma xícara de café na mão.

Pelas janelas, dá para ver que já está escuro lá fora, e eu mal consigo distinguir a faixa do oceano.

Creio que, quando se convive com um rei que não pode ver a luz do sol, não existe mais dia.

— Oi — cumprimento.

Os gêmeos mal reparam em mim.

Bash vira uma xícara de farinha sobre a tigela e mexe com força, levantando uma nuvem farinácea no ar.

— Está tudo bem? — pergunto.

Kas pestaneja de volta à realidade e finalmente me olha. Ele sorri, mas seus lábios estão constritos sobre os dentes brancos e brilhantes.

— Sim, tudo bem.

Passo por ele para pegar a prensa francesa e me sirvo de uma xícara de café.

Os dois parecem nervosos.

Também estou nervosa depois do encontro com Vane e automaticamente quero animar o clima e me sentir melhor.

Coloco a xícara na mesa e paro diante de Kas. Ele me olha de esguelha.

— Tem certeza de que está bem? — pergunto, aninhando suas bolas por cima da bermuda.

Ele solta um gemido baixo.

Bash imediatamente para de mexer a mistura na tigela.

— Estamos com muita coisa na cabeça — diz Kas.

— Tipo o quê?

O som de sininhos tilintando enche o ar. Agora sei que esse barulho significa que os gêmeos estão conversando em sua língua fae e me excluindo de propósito.

Acaricio Kas, sinto que começa a inchar sob minha mão. Ele cerra os dentes ao desviar o rosto do irmão e me encarar.

— Acredite, você não quer fazer isso agora, Darling.

— Oh, é mesmo?

— Darling — Bash intervém. — Nós tivemos um dia bem complicado.

Por que todo mundo está me rejeitando de repente?

Suspiro, vou até Bash e enfio a mão em sua calça. Ele se remexe, resmunga e deixa a tigela de lado.

— Está bem — digo, dando uma última apertada mais forte. — Pelo jeito, vou ter que achar outra coisa com que me ocupar.

Seu olhar me queima enquanto o acaricio, seus dentes rangendo enquanto o deixo duro em um instante.

— Podem continuar com sua conversinha.

Dou um sorriso meigo para eles e então me retiro, ao som dos sininhos tilintantes.

17
BASH

Vamos simplesmente deixá-la se safar assim? Pergunto ao meu irmão.

Assistimos à Darling se retirar, toda convencida e satisfeita consigo mesma, deixando nós dois de pau superduro e cheios de tesão.

Depois que nossa irmã nos deixou sair do palácio fae, meu irmão e eu não paramos de ruminar suas ameaças.

Não tem uma saída fácil para esta situação, e isso é o que mais me aborrece.

A quem devemos mais lealdade?

Peter Pan nunca nos trairia. Mas decerto nos mataria se saíssemos da linha.

Nossa irmã nos trairia tão facilmente quanto trairia o cavalariço, mas nos matar? Não tenho tanta certeza. Acho que poderíamos cometer atos bem hediondos, e, ainda assim, ela não levantaria a mão para nós.

O que é pior?

Não quero fazer tal pergunta e certamente não quero respondê-la, porra.

Só quero esquecer tudo isso.

Pego um vislumbre da Darling rebolando aquela bunda ao virar a esquina. Ela está sempre usando esses malditos vestidos curtos, com a xoxotinha sempre tão acessível, os seios balançando sob o tecido macio e os mamilos eriçados, implorando por dentes e língua.

Não é preciso qualquer esforço para evocar a imagem de suas mãos amarradas nas costas, e essa imagem aumenta a pressão na minha cabeça até que não consigo pensar em mais nada além de trepar.

Não sei dizer se meu desejo de meter um pouco de bom senso nela é bom ou ruim, diz Kas.

E por que não pode ser ambos?, respondo.

Nós nos entreolhamos.

Pegue a corda, diz Kas.

Não precisa pedir duas vezes.

Kas corre para capturá-la e eu vou buscar a corda em nosso quarto.

Quando retorno ao loft, meu caro irmão tem Darling encurralada contra o tronco da Árvore do Nunca. Ela está tremendo abaixo dele, ocupada por seus lábios. Portanto, quando agarro seu punho e passo a corda duas vezes ao redor dela, pego-a indefesa.

Um lindo solucinho escapa de seus lábios.

Sou um amarrador experiente e, em menos de trinta segundos, tenho os dois braços de Winnie amarrados à árvore.

Kas e eu damos um passo para trás para admirar meu habilidoso trabalho. Usei uma amarração de coluna simples e a prendi aos galhos mais baixos da Árvore do Nunca. São nós básicos e eficientes. Fáceis de desfazer. Difíceis de escapar.

— Olhe só para a nossa Darling — digo ao meu irmão. — Amarrada como a garotinha travessa que ela é.

Winnie tenta se libertar das cordas. Não vai se soltar. Não a menos que eu queira.

Ela fica na ponta dos pés, o vestidinho subindo em suas coxas.

Vou até ela. Perto de mim, ela é tão pequenina, e sinto um frio na barriga diante de sua miudez.

— O que achou que aconteceria, Darling? Não pense que pode sair por aí passando a mão nas nossas rolas e ficar impune.

O sangue ruboriza as maçãs de seu rosto.

— Talvez fosse exatamente aqui que eu quisesse estar desde o começo.

Eu rio. E, para falar a verdade, acredito nela. Mas vou fazê-la se arrepender.

Ela para de lutar contra as cordas.

— Bem, vocês me têm cativa, príncipes fae. E agora, o que pretendem fazer comigo?

— O que acha, irmão? — pergunto olhando para trás.

Kas vem para o meu lado, cruzando os braços.

— Proponho que prolonguemos a lição.

— Hummmm. E o que tem em mente?

Um fogo sinistro e vicioso arde em meu peito. Quero ver a Darling implorando. Quero vê-la gemendo e se contorcendo, perdendo a cabeça do mesmo jeito que eu perco toda vez que ela entra na porra da sala.

Quero que ela me distraia de meu coração atormentado.

— Ela quer se jogar para cima da gente — diz Kas, observando o rosto da Darling ficar mais vermelho a cada segundo.

— Então vamos fazer essa safada gozar tanto que vai até doer.

Meu pau já está apertado dentro da calça. Estou impaciente para entrar nela. Mas, quanto antes comer essa bocetinha, mais rápido vou gozar.

— Gostei da ideia. — Dou um passo para perto dela e faço um carinho em sua bochecha. Ela expira com um suspiro de excitação. — Quantas vezes acha que conseguimos fazê-la gozar? Três? Cinco? Dez?

— Só tem um jeito de descobrir — diz Kas. — Está pronta, Darling? Quando acabarmos aqui, você vai estar implorando para a gente parar.

18
WINNIE

Amarrada à Árvore do Nunca, não consigo deixar de me sentir como um inseto que acidentalmente voou perto demais de uma teia de aranha.

Kas e Bash sabem o que fazem quando se trata de atar cordas, e eu posso dar trancos, posso me contorcer ou me debater o quanto quiser que nada vai me ajudar.

Não vou a lugar algum tão cedo, e os príncipes fae sabem disso. Eles me rondam e meu clitóris formiga de antecipação.

Oh, esses dois vão fazer isso valer tão a pena.

— O que acha, irmão? — Bash diz enquanto sai da minha linha de visão. — Deveríamos dar uma palavra de segurança a ela?

Kas desliza a ponta do dedo por minha bochecha.

— Assim que ela gozar uma vez para a gente, ela poderá escolher a palavra que quiser.

Ele planta um beijo no canto de minha boca, eu viro a cabeça para tentar capturar seus lábios, mas ele já se afastou.

Sinto as mãos de Bash pegando a barra do meu vestido, e ele o levanta com um puxão, estalando a língua.

— Acho que você não deveria mais ter permissão de usar calcinhas.

— Concordo plenamente — Kas diz e me liberta da peça íntima.

— Acho até que ela deveria ser proibida de usar qualquer peça de roupa.

Bash deixa a saia do meu vestido descer novamente e, então, desliza as mãos pelas curvas da minha cintura até chegar aos meus seios. Seu toque é paciente, e, ao mesmo tempo, ele esfrega sua ereção na minha bunda, deixando-me saber que está pronto para mim.

— Não posso sair andando pelada por aí.

— Por que não? — ele ronrona em meu ouvido. — Assim poderíamos admirá-la a qualquer hora do dia e da noite. Ter você molhadinha sempre que quiséssemos, sem qualquer barreira entre nós. Ele esfrega meu mamilo, persuadindo-o a enrijecer.

Já as mãos de Kas alisam minhas coxas e param perigosamente perto da abertura entre minhas pernas.

Começo a arfar de ansiedade.

— Em quanto tempo acha que conseguimos fazer Winnie gozar? — propõe Bash.

Kas sorri maliciosamente e provoca meu clitóris com os dedos hábeis, enquanto eu afundo nas cordas, desesperada por mais.

— Em minutos, se muito.

— Quer fazer as honras? — Bash pergunta.

— Com todo prazer.

Kas cobre minha vulva com a mão grande e, ao seu toque, uma onda de calor incendeia meu clitóris. Instintivamente, começo a me esfregar nele.

— Essa é a minha garota — Kas sussurra, gutural. Ele abre os dedos e começa a me masturbar, aumentando a pressão em meu ponto mais sensível, ao mesmo tempo que Bash vem por trás e belisca meus mamilos.

Choramingo para os dois.

Kas enfia um dedo na minha vagina e, com a base da mão, aperta meu clitóris.

— Alcance seu orgasmo — ele ordena.

— Co-como assim?

— Rala essa xota na minha mão. E trate logo de gozar. Agora, Darling.

Quando Kas me dá uma ordem, quero obedecer. Quero agradá-lo. Porque ele é tão raramente autoritário, que cada comando tem um peso maior.

Preciso de um segundo para encontrar meu ritmo e meu equilíbrio, mas, assim que me ajeito e começo a rebolar, encontro a quantidade perfeita de fricção com sua mão. Ele também me ajuda, seguindo minha cadência e pressionando a mão do jeitinho certo, na hora certa.

— Tá ouvindo só como ela tá molhada, irmão? — Kas pergunta.

— Ô se tô. — Bash leva a mão esquerda ao meu pescoço e, com a direita, continua apertando meu seio e brincando com meu mamilo.

Não demora muito para eu chegar ao precipício.

Eu me esfrego feito uma louca em Kas, e Bash aperta mais forte meu pescoço.

— Ela tá mais molhadinha a cada segundo — diz Kas.

Estou ofegante pra valer, batendo uma siririca feroz na mão de Kas e tão, tão perto.

— Vamos lá, Darling — Kas provoca. — Pegue o que você merece como a boa putinha que é.

Ele enfia o dedo médio na minha xana e começa a esfregar a mão com mais força à medida que meus movimentos ficam mais vertiginosos e minha respiração cada vez mais acelerada.

— Caralho, Darling — Bash fala ao meu ouvido. — Mal posso esperar para socar em você também. Vou comer o seu rabo. Arrombar o seu cuzinho com a minha rola.

Solto um gemido de surpresa, e ele aperta minha garganta com mais força.

— E então meu irmão vai comer sua boceta...

— Finalmente — diz Kas.

— E você vai ficar entupida de pica fae.

— Mas primeiro — Kas mordisca meu lábio inferior —, você precisa gozar pra gente.

Eu me balanço contra sua palma, Bash belisca meu mamilo e eu uivo de dor.

E, então, Kas acerta meu clitóris com precisão, arrancando o orgasmo de dentro de mim. Desmonto em cima dele, e ele continua me fodendo com a mão, amparando-me contra seu peito; as cordas rangem, queimando meus punhos.

O orgasmo reverbera em cada cavidade, incendiando todos os nervos enquanto os sucos do meu prazer encharcam não só a mim, mas também Kas.

— Nossa, aí sim, porra! — diz Kas. — Caralho, ela tá contraindo pra valer a bocetinha.

— A nossa linda Darling adora ser usada. — Bash vem para o meu lado, os lábios ao pé do meu ouvido: — Tá ouvindo, Darling?

Kas retira os dedos de mim e, então, mete de novo, fazendo um barulho molhado.

— Este é o som da sua derrota.

Eles me deixam amarrada, mas recuam para me admirar. Minhas pernas estão bambas, e eu brilho com o orgasmo. Ah, se eu não adoro quando os gêmeos ficam malvados.

Quando não estão me fodendo ou me provocando, eles são joviais e gentis, mas também são especialistas em serem perversos e depravados.

— Qual será a palavra de segurança dela? — Bash atravessa a sala e vai até os resquícios do bar. Restam apenas três garrafas. Ele tira a tampa de uma delas e serve dois copos com alguns dedos de rum temperado.

— Tem alguma preferência, Darling? — Kas pergunta. Ele está encostado em uma das poltronas de couro, com os braços cruzados à frente do peito. Várias mechas escuras se soltaram de seu coque, conferindo-lhe uma aparência desalinhada e selvagem. Cada músculo de seu corpo parece ainda mais retesado hoje, como se ele estivesse tenso ou não tivesse comido o suficiente nas últimas vinte e quatro horas.

Definitivamente, há algo os incomodando e, ao que tudo indica, estou colhendo os benefícios disso.

O ar ao redor deles praticamente parece...

— Crepitar — falo sem pensar.

Bash entrega um copo de rum a Kas e fica ao lado dele.

— Crepitar? Tudo bem.

— Crepitar então. — Kas sorve um longo gole no copo, esvaziando metade, e se aproxima de mim. — Beba. — Ele leva o copo aos meus lábios e o inclina com cuidado. O álcool enche minha boca com sua doçura suave e depois queima minha garganta enquanto engulo.

— Pronta para gozar de novo? — ele pergunta, seus olhos âmbar brilhando de fome.

— Acho que não consigo.

— Duvida de mim?

Eu inspiro, sentindo o cheiro dele. Kas me faz lembrar a praia em uma noite fria e chuvosa de verão. O cheiro da areia, o ar salgado, a inebriante escuridão e o bater das ondas. A brisa salgada salpicando a pele.

Não o conheço há muito tempo, mas acho que ele é um homem por quem eu poderia me apaixonar rapidamente.

Kas desliza a mão ao longo do meu queixo e traz meu rosto até si.

— Darling? Você duvida de mim? — ele repete, no mesmo instante em que algo macio desliza pelas minhas pernas. Olho para baixo e vejo uma trepadeira enrolada em minhas panturrilhas.

Um suspiro agudo desce pela minha garganta, e Kas força meu rosto para cima novamente, fazendo-me olhar para ele enquanto a planta desliza até minha vagina.

Não sei se isso está realmente acontecendo ou se é uma de suas ilusões, mas a sensação é muito, muito real quando uma gavinha macia e emplumada faz cócegas na minha boceta.

Oh, Deus.

Estou pulsando novamente, querendo mais.

— Não — eu digo, arfante. — Eu não duvido de você.

— Que bom. — E, então, ele dá um passo para trás e se junta ao irmão, enquanto a trepadeira desliza sobre meu corpo. Uma gavinha grossa desliza pelo meu centro úmido e se enrola em minha cintura, de modo que cada pequeno movimento envia uma sensação de formigamento ao meu núcleo.

Mais trepadeiras se esgueiram sob meu vestido, provocando meus mamilos e apertando meus seios.

Em questão de segundos, estou ofegante e tremendo, enquanto os gêmeos ficam parados observando.

A SOMBRA DA TERRA DO NUNCA

— Ah, porra! — gemo alto quando um galho fresco e protuberante desliza dentro de mim. — Ai, caramba.

Cada nervo do meu corpo queima intensamente.

Meus joelhos ficam fracos e caio nas cordas.

A trepadeira me fode com mais força, e várias gavinhas emplumadas acariciam meu grelo. Há tantas. Estou com uma sobrecarga sensorial surreal e não conseguiria conter o orgasmo nem se tentasse.

Jogo a cabeça para trás, de olhos fechados enquanto o orgasmo reverbera dentro de mim.

As cordas rangem. A Árvore do Nunca treme enquanto luto por tensão e controle.

Quando escorrego para o outro lado do prazer, mal consigo ficar de pé e tremo tanto que bato os dentes. Kas se aproxima.

— Não — eu digo. — Por favor. Eu não aguento mais.

Seus olhos ardem intensamente.

— Ah, você aguenta, sim.

Bash esvazia o copo com um só gole e o pousa com um barulho alto.

— Não, não posso. — Estou encharcada com meus próprios sucos e meu clitóris zune como um fio elétrico. — Não aguento mais.

— Afrouxe as cordas — diz Bash. — Bota ela pra sentar na minha cara.

— O quê? Não, não, não — Ah, merda. Será que devo usar minha palavra de segurança? Quero usar? Gosto de experimentar essa linha tênue com eles. Gosto de ultrapassar os limites. Gosto de sentir o limite da dor com a carícia do prazer.

Mas, de verdade, não sei quanto mais posso aguentar.

Nunca estive com homens como os gêmeos, que não são apenas implacáveis, mas quase diabólicos quando se trata de prazer.

Nunca, em um milhão de anos, pensei que estaria implorando para não ter um orgasmo.

Juntos, os gêmeos afrouxam as cordas amarradas à árvore. Estou tão fraca que automaticamente caio de joelhos no chão. Quando estou na posição que me querem, eles reatam as cordas.

Kas recua novamente enquanto Bash se senta no chão na minha frente, de costas para mim. Todas as linhas deliberadas de suas tatuagens se destacam em sua pele. Ele sorri para mim por cima do ombro.

— Levante-se, Darling.

Relutantemente, encontro o que resta de força em minhas pernas e me levanto o suficiente para que Bash possa deitar e se acomodar entre minhas pernas. Ele respira fundo.

— Porra, seu cheiro é tão doce, Darling.

As cordas rangem novamente enquanto minhas coxas tremem e eu me acomodo bem sobre sua boca.

Posso sentir o calor da sua respiração na minha boceta molhada. Ele dobra a saia do meu vestido e o enrola em volta da minha cintura, expondo-me, e, então, passa os braços sobre minhas coxas, onde minhas pernas encontram meus quadris.

— Para que meu irmão possa assistir — Bash diz e me devora.

KAS

Darling luta contra as cordas. Ela se contorce de tesão quando meu irmão cai de boca. Observar o prazer e a dor dançando em seu rosto é uma visão que quero gravar na memória.

Meu Deus, ela é uma visão.

Eu não quero deixá-la.

Eu não posso deixá-la.

Ela é uma areia movediça na qual entro de bom grado. Nunca sairei dela nem quero.

Puxe-me contigo, Darling.

Quando ela goza pela terceira vez, posso ver que é doloroso. Ela deve estar queimando, o clitóris tão sensível que dói.

Mas sempre cumprimos a nossa palavra, meu irmão e eu.

Fazemos o que dissemos que faríamos.

Forçar a Darling a gozar de novo e de novo é um presente que eu não sabia que precisava.

Quando Bash desliza de debaixo de Winnie, está coberto com os sucos dela e os limpa passando a língua.

Darling está arfando, respirando com dificuldade, coberta de suor.

E eu estou duro como pedra, pronto para foder e gozar.

Ela tem a opção de nos impedir, mas espero que não o faça.

Ela mal percebe quando reapertamos as cordas, colocando-a de pé. Seus olhos estão pesados e seu corpo, desossado. Quando me viro para encará-la, seus cílios tremulam.

— Darling? — chamo e levanto seu queixo. Ela abre os olhos. — Ainda está conosco?

Ela assente enfaticamente.

— Estou aqui.

— Mais um — digo a ela.

— Não — ela diz com um gemido.

— Sim.

Ela põe a língua para fora, molhando os lábios ressecados. Tem a palavra de segurança, mas sua boca não a forma, e uma parte depravada de mim está com medo de que ela a use.

Não diga, Darling.

Mantenha-a bem presa atrás de seus dentes.

Bash cospe na mão e agarra o pau. A boceta da Darling está encharcada para mim. Não precisarei de ajuda.

Pronto?, Bash pergunta.

Mais que pronto.

Bash passa o braço em volta da cintura de Winnie. Pego suas coxas e envolvo suas pernas em volta de mim, alinhando-me.

Ainda não provei a boceta dela. Não há nada que eu tenha desejado mais.

Bash se guia até sua bunda e Winnie geme alto, com os olhos bem fechados. Não sei se já foi enrabada, mas haverá muito mais depois de hoje.

A SOMBRA DA TERRA DO NUNCA

Deixo que ele se acomode dentro dela primeiro. Porque, quando eu finalmente entrar nessa xotinha, não serei nada gentil.

— Como ela é? — pergunto.

— Apertadinha, irmão. *Apertada pra caralho.* — Bash revira os olhos enquanto a levanta para cima de seu pênis e então a desliza lentamente de volta para baixo, metendo tudo para dentro.

— Darling? — chamo e ela abre os olhos novamente. Às vezes, quando usamos magia de ilusão, um mortal pode se perder, e preciso saber que ela ainda está aqui. — Mais um — digo a ela.

Ela assente enquanto meu irmão gêmeo preenche seu rabinho.

— Mete esse pau na minha boceta, Kas — diz. — Quero que você goze dentro de mim.

Não vou negar um pedido da minha querida Darling.

E, quando soco dentro dela, ela se agarra a mim com força e fodemos juntos, forte, rápido e implacavelmente, e me dou conta de uma verdade assustadora: escolho a Darling em vez de Tilly e da corte fae.

Escolho a Darling em vez de minhas próprias asas, porque com ela já estou voando.

Ela é minha e eu sou dela.

WINNIE

Os gêmeos me fodem com tanta força que meus dentes batem. Se não fossem as cordas, acho que seria lançada para as vigas do teto.

A trepadeira retorna, provocando meu clitóris, enquanto os irmãos me enchem de pau de fae.

— Vamos gozar juntos — diz Kas, ofegante. — Tá me ouvindo, Darling?

Meu clitóris está tão sensível que dói. Mas eu concordo, porque não posso negar isso a Kas. E não vou negar.

A construção do prazer desta vez é lenta, e está claro que os irmãos pretendem arrancar o orgasmo de mim nem que seja a última coisa que eles façam.

— Goza pra gente, Darling — sussurra Bash em meu ouvido, com a voz áspera e rouca. — Uma última vez.

— Oh, Deus — digo num gemido estrangulado, tentando encher meus pulmões de oxigênio. — Sim, porra. *Sim!*

Quando chego ao ápice, há um momento do mais puro nada. O tempo parece desacelerar. Sou um pássaro com as asas abertas, apanhado por uma corrente de vento. E então... e então...

— Isso! Oh, sim. Ai, caralho! — Estou navegando, planando. Para cima, para baixo, nem sei mais. Sinto apenas uma onda avassaladora de prazer e dor, mergulho nela e me deleito, deixo-a me consumir enquanto os irmãos arrombam minha boceta e meu cu.

— Caralho, Darling — Kas geme, metendo forte e se descarregando, enquanto Bash me aperta e enche minha bunda com seu esperma.

Ficamos trancados juntos ali pelo que parece uma eternidade, pegajosos, suados e exaustos.

Bash respira com dificuldade em meu ouvido, e Kas afunda em mim, descansando sua testa contra a minha enquanto seu pau lateja com o que resta de seu prazer.

E, então, ele me beija longa e profundamente, e, quando se afasta, diz:

— Você é maravilhosa, Darling. E é nossa.

Concordo com um aceno de cabeça porque é verdade e quero que sempre seja verdade.

Quando eles finalmente saem de dentro mim e dão um passo para trás, percebo que ambos olham para além de mim e da Árvore do Nunca, para as escadas que levam ao loft.

Passos pesados se aproximam, e Peter Pan aparece na minha linha de visão. Só posso imaginar como devo estar. Desgrenhada e usada. Mas como a boa vadia que sou, já fico toda animada sob seu olhar azul brilhante.

— Um conselho, Darling — diz Pan —, nunca deixe os gêmeos te amarrarem.

Invoco o que me resta de energia e sorrio docemente para ele.

— Hum, sei não. Eu gostei bastante.

A SOMBRA DA TERRA DO NUNCA

Vane desfaz um dos nós e a corda cai do galho da Árvore do Nunca; Pan me ampara enquanto eu desabo. Quando a segunda amarra é desfeita, Vane se aproxima e tira a corda dos meus punhos.

— Falei para você pedir um bálsamo — diz ele, com a voz afiada de aborrecimento —, não outra trepada brutal.

— Eu faço o que quero — rebato com uma risada que beira a loucura.

Ele me olha feio, mas seus dedos são gentis enquanto desfaz os nós.

— Tragam o unguento — diz aos gêmeos.

Assim que sou desamarrada, Pan me pega em seus braços e me carrega até sua poltrona. Ele se senta e me aninha em seu colo.

— Traga uma bebida para ela — pede a Vane e, por alguma razão, o Sombrio não hesita.

Ele retorna alguns segundos depois com um copo de uísque e o leva aos meus lábios.

— Beba — ele ordena.

Se eu soubesse que ser fodida com violência pelos gêmeos faria Vane cuidar de mim, teria feito isso há muito mais tempo.

Eu bebo e o calor vibrante do álcool acalma minha carne.

É Kas quem retorna com a misteriosa pomada de fada em um frasco circular de metal. Ele retira a tampa para revelar uma gosma verde brilhante, então pega meu braço esquerdo e mergulha dois dedos no unguento. Quando espalha a pomada na carne sensível do meu punho, eu sibilo de dor, mas ele é rápido e, em segundos, a gosma fica quente e reconfortante, causando uma sensação de formigamento em meu braço.

— Melhor? — Kas pergunta.

Concordo com a cabeça e me deito em Pan, descansando minha cabeça em seu ombro.

— Isso é bom.

— Seus idiotas, não deveriam ter sido tão brutos com ela — censura Vane.

A voz de Pan ressoa atrás de mim.

— Você quase a matou ontem à noite, então pode calar a porra dessa boca. — E aponta para os gêmeos. — E vocês, seus idiotas, precisam pegar leve com ela com essa merda doentia de gêmeos.

— Oh, com licença, Rei do Nunca — diz Bash. — *Rasteje até mim, Darling.* Você também gosta da Darling submissa, mas só quando é conveniente para você e...

— Parem! — digo. Todos ficam quietos. Pan fica tenso embaixo de mim. — Vamos deixar uma coisa bem clara. — Com a pomada das fadas penetrando em minha corrente sanguínea, sinto-me muito melhor e levanto a cabeça do ombro de Pan para olhar para todos eles. — Vocês são todos uns babacas, ok? Mas são os *meus babacas*. Eu não tive que ficar de joelhos para Pan, tampouco precisava ter provocado Vane até o limite e certamente não fui obrigada a ser amarrada a uma árvore. Eu escolhi tudo isso. Eu escolho todos vocês. Até você, Vane. Então parem de me tratar como uma bonequinha frágil, porque não sou. Sou uma xícara de porcelana que já quebrou tantas vezes que nem tenho mais certeza se sou uma xícara ou apenas um monte de cacos unidos por cola e pura determinação, montados em formato de xícara. Sei como quebrar e sei como me consertar. Pelo menos com todos vocês, sei que nunca precisarei me recuperar sozinha.

Os quatro se entreolham.

— Acho que ela tem razão — diz Bash. — A Darling sabe o que quer. Sempre soube. — Ele dá uma piscadinha para mim. Afinal, foi o primeiro a me comer. O primeiro a sair da linha. E sou grata a ele por isso. Se não tivesse feito isso, não sei se Pan teria cedido, ou Kas.

Até mesmo Vane.

Vane deixa-se cair numa das cadeiras, põe um cigarro na boca e acende a ponta com um isqueiro. Depois de inspirar e expirar, ele acena para Kas.

— Não se esqueça do pescoço dela.

Pan levanta meu queixo, expondo minha garganta para Kas, mas eu afasto sua mão e olho diretamente para Vane.

— Estas marcas eu vou manter, obrigada.

Ele faz uma carranca para mim, o cigarro queimando como um pavio entre seus dedos.

Assim que termina de cuidar dos meus punhos, Kas tampa o frasco e se joga no sofá ao lado do irmão. Eles compartilham um cigarro, passando-o de um lado para outro. Estou começando a perceber que eles compartilham tudo, inclusive eu.

— Vamos discutir o plano — Pan diz e me reajusta em seu colo para que eu fique aninhada em seu peito, com a mão apoiada em meu ombro. — Vane conseguiu permissão para entrarmos no território de Gancho amanhã à noite.

— À custa de quê? — Bash pergunta.

— Cherry.

— Ela sabe disso? — Kas devolve o cigarro ao irmão.

— Claro que sim — responde Vane.

— E como reagiu? — Bash pergunta.

Vane dá outra tragada no cigarro, segura a fumaça nos pulmões e não diz nada. Bash ri.

— Tão bem assim, hein?

Eu afundo no calor de Pan enquanto ele passa as mãos nas pontas do meu cabelo, causando arrepios nos meus braços.

— Ela não quer voltar? — pergunto.

— Dissemos que ela estava livre para voltar para casa anos atrás — diz Bash. — E ela escolheu ficar.

— Ela quer o Sombrio — diz Kas. — Voltar ao território de seu irmão significa que terá significativamente menos oportunidades de tê-lo.

— Ela não vai me ter de qualquer maneira. — Vane enfia o cigarro num cinzeiro de vidro sobre a mesa de centro e as brasas são cuspidas, formando um arco. — Então não sei por que diabos isso importa.

— Onde ela está? — pergunto. Mal a vi desde que voltamos para a Terra do Nunca.

Eu queria fazer amizade com ela, mas agora acho que, lentamente, ela passaria a me odiar. Especialmente se eu conseguir o que quero. *Eu* quero Vane. E ele *vai* ceder a mim. Mais cedo ou mais tarde.

Talvez não seja tão ruim assim Cherry retornar para a ilha dos piratas.

— Não a vejo desde que voltamos — responde Vane e passa a mão pelo cabelo escuro. — Ela estava de mau humor.

— Será que eu devia falar com ela? — proponho.

— Para quê? — Vane olha para mim. — Ela vai voltar para casa. E fim de conversa.

— Há mais um assunto que deveríamos discutir — diz Bash.

Kas abre os braços longos no encosto do sofá.

— Algo que nenhum de vocês vai gostar.

— Bem, então não façam suspense — diz Pan.

— Visitamos nossa querida irmã — responde Kas.

Sinto Pan se enrijecer abaixo de mim.

— E?

— E ela está conspirando contra você — acrescenta Bash.

Vane se levanta para pegar o uísque, e um dos periquitos voa do bar ao vê-lo avançar. Ele descansa no braço de Pan e canta docemente para mim. Tento não fazer movimentos bruscos, com medo de assustá-lo.

Tem as penas mais macias no peito, da cor do nascer do sol, com uma faixa amarela na cabeça.

Pan enrola uma mecha do meu cabelo em volta do dedo indicador.

— O que vocês não estão me contando, príncipes fae? Estão planejando se virar contra mim também?

— Se estivéssemos — diz Bash—, não estaríamos aqui agora, não é?

— Tilly chamou alguém de volta à ilha — explica Kas. — Alguém que ela acha que a ajudará a dar esse golpe. Contra Pan e Gancho.

Pan olha por cima do ombro para Vane. Eles compartilham uma conversa tácita.

Tenho a nítida sensação de que todos sabem algo que eu não sei.

— Quem é? — pergunto. — Digam-me. Quem é esse inimigo?

Vane coloca as mãos na borda do balcão e se curva, baixando a cabeça.

O pássaro gorjeia e sai voando.

— Quem? — insisto.

— É o irmão de Vane — diz Kas. — O Crocodilo.

PETER PAN

A Darling se ajeita no meu colo e sua bunda se esfrega no meu pau. Tenho que suprimir um gemido e tentar me concentrar em qualquer coisa que não seja cada parte do seu corpo.

Tenho receio de não conseguir fazer mais nada se ela realmente ficar aqui, porque estarei sempre perseguindo sua boceta e a sensação que me domina quando estou enterrado dentro dela.

Mas não há tempo para isso.

Não quando o Crocodilo está a caminho da Terra do Nunca.

Eu queria controlar a presença dele na ilha. Claramente cheguei tarde demais.

— Peraí — diz Darling —, Gancho e Pan têm um inimigo em comum e é o irmão de Vane? E ele é... um crocodilo?

Sua confusão é adorável.

Imagino que em um lugar como a Terra do Nunca, comparado ao seu mundo mortal, Vane ter um irmão que é um réptil não seria tão improvável.

— Em primeiro lugar — corrijo, puxando-a de volta para mim, apenas para sentir sua proximidade —, ele não é meu inimigo.

Não exatamente. E, em segundo lugar, ele é um homem. Seu apelido é O Crocodilo.

— Porque ele devora homens como nós no café da manhã — responde Bash. — Afinal, sou um lanche saboroso.

Deixe que Bash faça piadas em um momento como este.

— Ele *ainda* não é seu inimigo — ressalta Vane. — Mas será. E pode apostar que a rainha fae saberá como se aproveitar disso.

Bash aponta o dedo para Vane.

— Acertou na mosca. Ela estava justamente falando que tinha descoberto segredos.

Meu peito se contrai ao pensar em Tilly sabendo de meus segredos comerciais. Mas é claro que ela sabe, afinal vem vasculhando a cabeça das Darling há séculos. E agora vai usar toda a informação que reuniu contra mim.

A Darling se levanta do meu colo e começa a andar pela sala; imediatamente, sinto falta do calor dela. Quero puxá-la de volta, mantê-la presa junto ao meu peito. Quando poderei apreciá-la realmente? Primeiro a minha sombra, depois Tilly, agora o irmão de Vane.

A guerra está prestes a estourar na Terra do Nunca.

Preciso da porra da minha sombra. Preciso do poder correndo em minhas veias.

Ninguém será capaz de ficar no meu caminho se eu estiver completo novamente. A ilha e eu seremos uma só entidade, e não haverá ninguém maior.

— Peraí — a Darling diz enquanto se vira. — Vane tem um irmão? — Ela repete como se ainda não tivesse assimilado a novidade.

Vane me entrega uma bebida.

— Não somos nada parecidos.

Kas ri, irônico:

A SOMBRA DA TERRA DO NUNCA

— Eles são exatamente iguais. Só que Roc é mais alto.

— E mais bonito — acrescenta Bash.

Vane revira os olhos e recosta-se na cadeira.

— O que de fato importa, Darling, é que meu caro irmão vai querer ter uma conversa bem séria com nosso infame Rei do Nunca quando descobrir os segredos que ele guarda.

Olho tão feio para Vane que poderia derreter a carne de seus ossos. Cabaço.

— Que segredos? — Darling pergunta.

Quando lhe disse que não sentia remorso nenhum pelo que tinha feito a Wendy, estava falando a verdade. Agora, ter que admitir a mesma verdade para Darling já me deixa transbordando de culpa.

Nunca peço perdão, mas já posso sentir a súplica se formando na ponta da minha língua.

Inferno.

Encaro seu olhar interrogativo.

— Sempre levei as Darling de volta ao seu mundo — explico. — Todas menos uma.

Winnie inclina a cabeça.

— O que quer dizer?

— Sua tataravó, Wendy.

A suspeita se imiscui em seu rosto, pouco a pouco.

— Não...

— Sim.

— Como... *onde*?

— Ele errou o caminho na volta — explica Vane — e a largou em uma ilha conhecida como Terra do Sempre.

A cor pinta as bochechas da Darling com um lindo tom de vermelho raivoso.

— Diga-me que isso não é verdade.

163

— Não posso. E não vou.

— *Pan*!

Suspiro e coço a nuca.

— Isso foi há muito tempo, Darling, e eu era um homem muito diferente.

— Você a abandonou?!

— Parece que você vai dormir no sofá hoje à noite — Bash zomba.

— Cuidado, príncipe. Não me falta muito para eu pagar a Vane para te levar até o céu e te largar lá de cima.

— Você tem de buscá-la! — Darling fala mais alto a cada segundo. — Agora mesmo!

— Wendy Darling não é problema meu.

Eu me levanto, irritado por Winnie estar me dizendo o que fazer. Lindas garotas Darling não me dão ordens.

— E, de qualquer maneira, é muito melhor para nós ela não estar na Terra do Nunca quando o Crocodilo chegar.

Darling cruza os braços à frente do peito.

— Como você sabe?

— Porque usarei essa informação como vantagem e, quando ele descobrir onde Wendy está, vai embora correndo atrás dela.

— Por quê?

Olho de relance para Vane, tentando avaliar como ele se sente sobre tudo isso. Às vezes me pergunto se ele odeia tanto as Darling por causa da história de seu irmão com uma delas.

— Porque o Crocodilo estava apaixonado por Wendy.

— Até que ela arrancou o coração dele — diz Vane.

Darling fecha a boca.

Vane bebe o que resta de sua bebida e se retira.

— Vane, espere! — eu o chamo, mas ele já sumiu escadas abaixo.

— Ela... literalmente arrancou o coração dele? — Darling pergunta, preocupada.

— Não — Kas ri. — *Figurativamente*, desta vez.

— Então minha tataravó estava apaixonada pelo irmão de Vane?

— É difícil dizer se os sentimentos dela eram genuínos — diz Bash. — Wendy era uma garota atrevida e astuta como você. Acho que você a adoraria, sabe.

Um desejo sincero raia nos olhos de Winnie. Acho que a Darling deseja uma família há muito tempo e agora tem a chance de conhecer uma parente de sangue que pensava estar morta. Ou talvez eu esteja apenas vendo o que quero ver no rosto dela, tentando me sentir melhor.

— Mas, então, o que aconteceu? — ela me pergunta, com os braços cruzados à frente do peito.

Os gêmeos olham para mim. Suspiro e me sento novamente.

— Gancho e eu sempre estivemos em guerra, às vezes por nenhum outro motivo a não ser atormentar um ao outro. Quando trouxe Wendy para a ilha, Roc estava aqui visitando Vane. Minha regra, sobre não tocar nas Darling, sempre se aplicou a mim e aos Garotos Perdidos. Roc não estava disposto a segui-las, e Wendy, como já estabelecemos, era uma pirralha insolente como você. Determinada. Intensa. Fácil de se apaixonar.

A expressão de Winnie se suaviza até que eu lhe conte o resto.

— Gancho a roubou de mim. Ele obviamente não queria que eu recuperasse minha sombra e sempre tentou foder com as Darling, para me impedir de obter informações. Foi nessa época que Roc cortou a mão de Gancho, e eu o ajudei.

Os olhos de Darling estão arregalados enquanto ela digere a história.

— Recuperamos Wendy, mas algo tinha mudado. Algo entre ela e Roc. Ele pediu a ela que ficasse, mas ela disse que não, então eu a levei de volta. Exceto que, na jornada para o reino mortal, peguei o caminho errado e acabei na Terra do Sempre. Fomos rapidamente cercados. Deixá-la foi uma decisão fácil. Eu não tinha lealdade a ela. E foi a família dela que pegou minha sombra em primeiro lugar. Eu queria minha vingança contra as Darling, e essa foi uma maneira fácil, embora cruel, de consegui-la.

Winnie se joga no sofá entre Bash e Kas, colocando o rosto entre as mãos.

— Não posso acreditar que você simplesmente a abandonou.

— Você sabe que estamos falando de Peter Pan, né? — Bash diz com uma risada.

— Isso não importa agora — respondo. — Podemos usar isso a nosso favor. Se eu a tivesse levado de volta ao reino mortal, ela estaria morta e seria inútil para nós agora.

Darling olha para mim.

— Então você vai usá-la como moeda de troca?

Eu sustento seu olhar.

— Sim. Exatamente isso.

Ela bufa e se recosta no sofá, meio apoiada no braço de Kas, que muda para encontrá-la, e sinto imediatamente inveja dele.

— Prometa-me que a buscaremos, então — diz Darling.

— Não precisaremos fazer isso. Roc fará isso por nós.

— Prometa-me, Pan.

Winnie fala entredentes, de modo que cada palavra sai longa e afiada.

— Está bem. Se Roc não chegar até ela primeiro. Mas não até eu conseguir minha sombra.

— É claro — ela assente. — E, falando em sua sombra…

Posso senti-la rondando a ilha, mas é uma sensação vaga, como estar ligeiramente consciente de um fantasma em uma casa.

A SOMBRA DA TERRA DO NUNCA

Sei que fica dentro dos limites da Terra do Nunca, mas não sei exatamente onde.

A única certeza que tenho é de que não está no meu território. Se estivesse, estaria perto o suficiente para que eu sentisse isso completamente.

— Temos que esperar — digo a Darling — até amanhã à noite, quando Gancho, aparentemente, vai nos conceder acesso ao seu território.

— Por que não ir lá agora?

Eu a fixo com um olhar.

— Porque não posso mais arriscar uma guerra com ele.

Acho que ela pressente as coisas que deixei de dizer.

Se eu forçar demais Gancho, ele virá atrás da minha Darling.

Só por cima do meu cadáver.

Preciso seguir as regras dele — por enquanto.

— Você não está preocupado que ele encontre sua sombra antes disso? — ela pergunta.

— Mesmo que encontre, duvido muito que ele consiga reivindicá-la.

— Por ele ser apenas um homem mortal?

— Mais ou menos. — Empurro a poltrona novamente e pego a cigarreira de aço do bar. Acendo um, saboreando a queimação em meus pulmões. — Enquanto isso, vamos festejar para que eu possa esquecer essa merda toda.

Bash se levanta:

— Agora falou a minha língua.

— Nada de garotas — avisa a Darling.

Nós três olhamos para ela e assentimos com a cabeça.

Lá está ela me dando ordens novamente.

E eu sou o idiota que está começando a segui-las.

CHERRY

Para seres imortais, Pan, os gêmeos e Vane nunca foram bons em perceber quando estou escutando às escondidas. Eles só me notam quando é conveniente. Ao que tudo indica, também posso adicionar Winnie a essa lista. Pensei que ela fosse minha amiga, mas acho que não.

Quando começam a descer as escadas, entro no corredor para que não me vejam.

Eles querem me usar como moeda de troca com meu irmão. Acham que posso conseguir o que querem. Peter Pan e sua maldita sombra.

Pan é o único da casa com quem não transei. Ele não é nenhum Vane, mas eu não o teria recusado se tivesse me mandado ficar de joelhos. E agora Winnie o tem, todos eles, só para ela. Quantos homens uma garota pode ter?

Não é justo. Mas não vou chorar por isso. Não muito.

Talvez eu possa ficar. Quer dizer... eles disseram que eu podia ir embora há um tempão e eu não fui. Então por que tenho de ir agora? Não é como se Jas me quisesse de volta, de qualquer maneira.

Ninguém parece me querer.

Corro para o meu quarto com a intenção de me arrumar para a fogueira, mas, quando entro e acendo a luz, algo escuro atravessa o quarto.

Eu grito e me abaixo quando a coisa bate na porta, sacudindo as dobradiças.

— Oh, meu Deus. Isso é... — Ela se lança sobre mim e me golpeia com a mão afiada em forma de garra, abrindo um rasgo na pele do meu braço. — Ei!

Ela ataca novamente e eu abro a porta, saio correndo e fecho com tudo, puxando com força a maçaneta enquanto a porta balança.

— Minha nossa! — sussurro e olho para os dois lados do corredor. Será que mais alguém também viu isso? — É uma sombra da Terra do Nunca. Uma sombra da Terra do Nunca!

A porta chacoalha novamente e tiro o sorriso estúpido do rosto. Será que ela consegue escapar de um cômodo fechado? Será que pode passar através de rachaduras e fendas? Será que sabe abrir uma porta?

Quando a sombra fica quieta, solto a maçaneta e dou um passo para trás, o coração martelando em meus ouvidos.

Levanto o braço para examiná-lo à luz de uma das lanternas e vejo que o corte está sangrando. Passo o dedo para retirar o sangue e limpo no meu jeans escuro.

Aquela criatura é brutal. E é...

Preciso contar a Vane. Quando lhe disser que prendi a sombra, ele verá que sou útil, afinal. Talvez fique até um pouco impressionado.

Certifico-me de que a porta continua bem fechada, disparo pelo corredor e saio da casa.

23
CAPITÃO GANCHO

É TÃO DIFÍCIL ASSIM ENCONTRAR A PORRA DE UMA SOMBRA? Da beirada da minha varanda, posso ver o farfalhar das árvores lá embaixo e o brilho das tochas enquanto meus homens vasculham a floresta. Ainda não encontraram a sombra de Pan.

Um bando de idiotas incompetentes, isso, sim. Peter Pan vai chegar amanhã à noite. Preciso ter a sombra dele antes disso. Olho na direção de seu território e consigo vislumbrar a silhueta da Rocha Corsária contornada pelo luar.

Odeio Peter Pan. É um ódio que bate no meu peito como um pesadelo. Às vezes, eu me perco na fantasia de como seria arrancar suas vísceras com meu gancho. Detesto ver meu próprio sangue, mas veria alegremente o sangue de Peter Pan jorrando.

Saio da varanda e retorno ao meu gabinete. Começo a arrumar minha mesa para me distrair da frustração de não ver resultados. Gosto de ter minha pena limpa e guardada em seu estojo, o tinteiro fechado com a tampa cortada em formato de cristal, trazida de uma das outras ilhas quando navegávamos ativamente.

Arrumo a pilha de livros na beirada da mesa e alinho as lombadas, e um pouco da frustração desaparece. Então percebo Smee à porta. Ela tem aquela expressão de quem acabou de cometer um pecado que deseja expurgar.

— O que foi? — pergunto e atravesso a sala até meu bar quando percebo uma mancha em um dos copos.

Smee entra e fecha a porta. Suas botas pesam na madeira desgastada.

— Um dos meus espiões no palácio das fadas acaba de me enviar uma mensagem.

Já não gosto de onde isso vai dar.

Uma das razões pelas quais eu queria Smee de volta, quando Pan a capturou e tive que tomar a difícil decisão de trocar minha irmã por ela, foi por sua capacidade de chegar a lugares onde outros não conseguem.

Ela tem espiões por toda a Terra do Nunca e pelas Sete Ilhas.

Há apenas uma pessoa em quem ela não consegue ficar de olho.

Considerando todas as variantes, creio que é uma taxa de sucesso bem alta.

— Diga logo, Smee.

Ela caminha até a varanda e se posiciona no quadrado de luz que entra pela porta aberta. A varanda é meu espaço privado, e por isso estamos sempre sozinhos aqui. Smee se inclina na balaustrada e acende uma cigarrilha, deixando a fumaça doce sair de seus lábios carnudos. Ela o deixa lá, pendurado na boca enquanto pousa os cotovelos na grade. O ar do oceano faz a cauda de sua bandana bater no topo de sua cabeça.

O suspense está me matando. Smee sabe disso. É a sua maneira inteligente e sutil de me colocar no meu lugar. Creio que devo respeitá-la por isso.

— Smee — digo, seu nome vibrando em meus dentes cerrados.

— Tilly convocou o Crocodilo.

Se fosse possível para um homem perder uma gota de sangue com nada além de más notícias, acho que eu já estaria seco. Nada além de uma casca de homem.

Estou com frio e entorpecido.

Um cavalheiro como eu não deveria ter fraquezas, mas tenho três.

Pelo menos, uma delas está morta. Se as outras duas também estivessem...

Eu me afasto de Smee e reorganizo os cálices no bar, pego o copo manchado e o lustro com a borda da minha camisa.

— E quanto aos seus espiões nas ilhas?

— Ouvi de um deles no porto de Terra Estival que o Crocodilo chegou lá há dois dias e partiu logo em seguida.

Fecho os olhos e inspiro fundo para evitar a queimação de vômito no centro da minha garganta. Seria deselegante vomitar em todo o bar.

Meu coto lateja, assim como o espaço onde antes ficava minha mão. A dor é um fantasma que jamais poderei exorcizar.

Maldito Crocodilo.

Já se passaram anos desde que o enfrentei, mas ainda posso evocar sua imagem como se estivesse gravada em minhas retinas.

Ele é talhado em granito. Cabelos escuros como pesadelos. Olhos verdes como uma cobra mamba. Tão rápido quanto a serpente para dar o bote também.

Consigo ouvir sua voz. A gargalhada arrastada ecoa na minha cabeça, como sal esfregado em pedra.

Meu estômago revira, e rapidamente encho um copo com rum e o engulo, concentrando-me na queimação do álcool, no torpor que se instala em minhas veias.

O Crocodilo é depravado e ímpio.

Não descansarei até que ele morra.

Se ao menos eu pudesse chegar perto o suficiente para enterrar uma adaga em seu coração...

Dirijo-me a Smee.

— O dobro da recompensa. Diga aos homens agora. Quem me trouxer a sombra de Pan estará rico amanhã à noite. Mas só se eles a encontrarem antes disso.

24
WINNIE

Pan, Bash e Kas estão bêbados. *Muito* bêbados. No momento, eles atiram pedras no oceano com um estilingue gigante. Acho que estão competindo por algum tipo de prêmio, embora não esteja claro o que é ou como se ganha.

Todos os três estão tentando esquecer seus problemas da maneira mais humana possível.

E, sentada lá no alto da praia, observando-os afogarem as mágoas, sinto-me atraída para longe da folia.

É fácil sair dali sem ser notada.

Sigo o caminho da casa até a floresta. Não tenho um destino, mas meus pés parecem me levar na direção certa, e não fico totalmente surpresa ao me encontrar na beira da lagoa brilhante.

Fico, no entanto, surpresa ao deparar-me com Vane flutuando na água, com o rosto virado para o céu.

Nu.

Todo o ar sai de mim em um arquejo irritante, e juro que minha voz ecoa pela lagoa.

— Vai ficar aí parada, boquiaberta, ou vai entrar? — Vane diz, com os olhos ainda fechados, o corpo ainda flutuando.

Engulo em seco.

Será que é algum truque? Tipo, ele vai sair da água assim que eu entrar só para provar algum ponto inespecífico?

Tiro os sapatos na entrada da trilha e afundo os dedos dos pés na areia fria. Quero tanto entrar na água que até sinto minha pele coçar. Mas não sei dizer se é por causa da água, dos espíritos e da magia me chamando ou se é por causa de uma Sombra da Morte muito sombria e taciturna.

Não creio que importe.

Meus movimentos são rápidos e desajeitados enquanto tiro o vestido e a calcinha, porque, se Vane está nu, eu também vou estar.

De olhos ainda fechados, ele não se preocupa em admirar meu corpo como a maioria dos homens faria, e isso me irrita mais do que gostaria de admitir. Não consigo deixar de me sentir uma garota tola e ansiosa desesperada por um pouquinho de sua atenção.

— Eles mordem? — pergunto quando meus pés tocam a água e os espíritos da lagoa se retorcem e giram.

— Não se gostarem de você — Vane responde.

Meu coração bate forte.

A água está quente na borda, mas fica mais refrescante à medida que me aprofundo. Os espíritos, as sereias ou o que quer que sejam nadam para a frente e para trás diante de mim, as caudas brilhando e girando como as barbatanas emplumadas dos peixes koi.

Até onde eu vou? Quão perto de Vane posso chegar? Ele nem sequer vai permitir que eu me aproxime?

O fundo arenoso fica cada vez mais frio, então começo a nadar quando estou fundo o suficiente, e a água sobe por meus ombros, encharcando as pontas do meu cabelo.

Quando estou a poucos metros de Vane, paro e me mantenho ereta na água, batendo os pés e arrastando os braços para a frente

A SOMBRA DA TERRA DO NUNCA

e para trás. Isso me lembra das tardes preguiçosas na praia, quando mamãe e eu morávamos em uma cidade turística à beira-mar. Os dias de praia eram minhas melhores lembranças, porque mamãe sempre parecia relaxar. Ela adorava deixar o sol queimar sua pele enquanto eu pegava um punhado de areia e deixava escorrer em um riacho sobre seus dedos dos pés, enterrando grão por grão.

Saber o que sei agora — que ela estava grávida de mim na Terra do Nunca e que encontrou consolo na lagoa — faz-me reconhecer o quanto ela se estabilizava quando estávamos na água.

Ela devia se lembrar das águas calmantes deste lugar mágico. Só de entrar aqui na lagoa turquesa, eu me sinto totalmente melhor. Inclusive o corte no meu pé nem lateja mais.

Talvez minha mãe e eu estivéssemos sempre tentando voltar a este lugar, em busca de alívio para alguma dor que não conseguíamos nomear.

Vane flutua no centro da lagoa, seu pênis chegando ao topo da água, e não consigo desviar os olhos. *Eu* que admiro o corpo *dele*. E ele está deixando.

Dos quatro, ele é, de longe, o maior.

Lá no fundo, eu sabia que ele seria. Do nada, ouço a voz de Starla na minha mente. *Vibe de pica das galáxias esse daí.* Quase solto uma risadinha, sobretudo porque estou nervosa.

À medida que a água bate contra Vane, corre pelos vales entre os músculos abdominais e ressalta o v ao longo dos quadris. Ele pode não ser tão musculoso quanto os gêmeos ou Pan, mas mais do que compensa por não ter um grama de gordura corporal. Isso o faz parecer mais um mito que um homem, como se tivesse nascido dos próprios deuses.

Finalmente, ele se vira e balança a cabeça, sacudindo a água do cabelo. Várias gotas grossas rolam pelas linhas irregulares de suas cicatrizes, pelo corte nas maçãs do rosto.

Quando me encara, seu olho violeta reflete o turquesa da lagoa, deixando-o ainda mais brilhante.

A água ainda está quente, mas não consigo parar de tremer, e meus mamilos estão tão tensos que quase doem.

Anseio pela atenção de Vane desde que Pan me trouxe para a Terra do Nunca, mas agora que a tenho e estou sozinha com ele, não sei o que fazer.

Ele é maior que eu, e não estou falando de tamanho.

Presença. Poder. Energia.

É difícil não se impressionar, e talvez seja por isso que eu me transformo em uma idiota tagarela.

— Que noite agradável. Eu gosto de nadar. Na água. Só água, na verdade.

Porra.

Que merda estou fazendo?

Mais gotas escorrem pela ponte do nariz e pingam da ponta. Ele simplesmente me encara enquanto a água ondula ao nosso redor. Diminuo a velocidade dos pés, deixando meu corpo afundar como se pudesse me esconder na água. Ela oscila ao meu redor e, quando entra um pouco na minha boca, não sinto gosto de sal. É limpa e cristalina.

— Por que está aqui, Darling? — ele pergunta, a voz áspera reverberando pela lagoa.

— Não sei... — admito. — Fui atraída até aqui, eu acho.

Vane se aproxima, passando a mão pelo cabelo, tirando os fios presos na testa. Nunca o vi tão desarrumado, e ele está sexy pra caralho.

Sinto um frio na barriga.

— Por que *você* está aqui? — devolvo a pergunta.

— Para ficar longe de você.

O desânimo é rápido e azedo.

— Por quê? O que eu te fiz para você me odiar tanto?

— Eu não te entendo — diz ele, estreitando os olhos, aproximando-se. — E não gosto de coisas que não entendo.

— Não sou uma coisa. Sou uma pessoa.

— Uma garota Darling bem safadinha.

Mas Vane não fala em tom de brincadeira. Há dor em suas palavras, como se estivesse com medo do que eu poderia fazer, dos problemas em que poderia me meter, e imediatamente me lembro do que ele disse na noite em que Tilly entrou na minha cabeça e ele me levou para um lugar seguro.

De onde eu venho, menininhas como você são destruídas todos os dias pelo simples motivo de quererem vê-las sofrer. E eu cansei dessa merda.

— Conte-me sobre sua ilha.

Ele pisca e recua, subitamente na defensiva.

— Por quê?

— Porque quero saber de onde você vem e o motivo por ser do jeito que é.

Um espírito brilhante circula atrás dele.

— Se está procurando qualidades redentoras em mim, ficará desapontada.

— Não. Só quero a verdade.

A forma foge quando Vane volta a afundar-se na água e abaixa a cabeça, encharcando novamente o cabelo.

— Minha ilha natal se chama Terra Soturna e é exatamente o que o nome sugere.

Uma terra soturna para um Sombrio.

— Por que você saiu de lá?

— Porque não sobrou nada lá para mim.

— Não tem família?

Acima de nós, o céu fica escuro à medida que nuvens espessas se formam. A água fica subitamente mais quente que o ar.

— Eu já tive uma família — ele admite. — Mas não tenho mais.

Oh, Deus.

Talvez houvesse mais pistas no que ele me disse naquela noite em sua cama.

Garotinhas como você são destruídas todos os dias...

— Quem era ela?

Vane não diz mais nada, deixando o silêncio pairar pesado entre nós.

Eu arrisco um palpite.

— Uma irmã. Você tinha uma irmã.

— Nós tínhamos.

— O que aconteceu?

— Alguns homens muito maus fizeram coisas muito ruins, e ela acabou morrendo.

Ele diz isso com um tom de voz tão frio e distante que não consigo deixar de sentir uma pontada súbita de empatia por ele. Vane finge que não está afetado, mas acho que ele sente essa dor mais do que qualquer outro sentiria.

Um nó se forma na minha garganta e engulo duas vezes para tentar desalojá-lo.

— Que horror. De verdade.

— Ela está melhor morta — diz ele.

— Você não poderia... quero dizer... você tem a Sombra da Morte...

— Na época, eu não tinha. — Ele está taciturno, o olhar distante. Sei o que está pensando: não pôde protegê-la.

— Como conseguiu a sombra?

— Fácil — diz ele. — Passei três anos procurando-a e, quando a encontrei, eu a reivindiquei. E então massacrei cada um deles.

Eles. Os homens que machucaram sua irmã.

— Que bom — digo com mais veneno do que pretendia.

— Como conseguiu reivindicar a sombra? Você não é humano?

Ele ri e balança a cabeça. Agora estou muito curiosa.

— Então, o que você é?

— Isso importa?

— Talvez?

Ele nada de volta em minha direção, movendo os ombros graciosamente na água.

— Se eu devolver minha sombra, talvez tenha alguma importância. Talvez eu te conte.

A frustração borbulha dentro de mim. Ele está tentando me afastar novamente. Talvez eu devesse apenas...

Algo roça na sola dos meus pés, fazendo-me gritar e dar um pulo. Direto para os braços de Vane.

Meu coração fica alojado atrás dos dentes. Cada nervo pisca intensamente. Suas mãos estão na minha cintura, segurando-me, e posso sentir suas coxas fortes pisando na água abaixo de nós, mantendo-nos acima da superfície.

Estou achando cada vez mais difícil respirar fundo.

— Por que você me odeia, Vane? — pergunto novamente, desta vez mais baixo. Não consigo esconder o desespero em minha voz. Preciso saber tanto quanto ele quer me entender.

— Eu não te odeio — ele admite e me encara com seu olho violeta. — Não gosto do jeito que você faz eu me sentir.

— E como é?

Seu olhar cai para meus lábios enquanto passo a língua neles.

— Descuidado.

Ele me puxa para mais perto e nossas pernas se enroscam. Um arrepio percorre minha espinha.

— Perigoso — ele acrescenta e franze a testa para os hematomas que ainda marcam minha garganta.

— Eu já te disse que...

— Sim, eu sei, Darling. Você é mais forte do que parece.

— Não preciso que me proteja — digo, pensando que estamos abordando a ferida de ele ter perdido a irmã.

— Não quero te proteger — ele diz, com a voz retumbante. — Quero te foder até você tremer descontrolada embaixo de mim.

Ele puxa minhas pernas em volta de sua cintura, e minha abertura está alinhada com seu pau agora duro. Solto um gemidinho de prazer.

— Então por que ainda não me fodeu?

— Porque esses hematomas no seu pescoço seriam a menor das suas preocupações.

— Eu não me importo.

— Você não receberia nenhuma palavra de segurança de mim.

— Tudo bem. Eu entendo.

— Não, você não entende.

Respiro muito rápido. Acho que estou sem oxigênio neste momento, porque não consigo pensar direito; na verdade, mal consigo ver direito.

— Deixa disso e me come logo.

Estou quebrando minha regra e a de Pan. Estou forçando a barra.

A cabeça do pênis de Vane brinca com minha fenda, e minha frequência cardíaca acelera.

— Vane — digo em um suspiro. — Eu te quero...

Ele me beija. E não há nada de suave, gentil ou delicado. Seus lábios estão nos meus, devorando-me. Sua língua entra, reivindicando meu gosto, e um rosnado profundo ressoa em seu peito.

Ele agarra minha bunda, forçando minha boceta a encontrar seu pau, e afunda alguns centímetros.

— Oh, meu Deus — digo em torno de seus lábios, porque meu cérebro não está fazendo uma única conexão com minha boca. Isso é o que eu queria. Cada parte disso. Não me importo com o quão perigoso ele é ou quão doloroso pode ser ou...

Ele arqueia minhas costas, trazendo meu peito acima da água para que possa sugar meu mamilo.

Seus olhos estão pretos, e um arrepio percorre meus ombros.

Ele é rude comigo e me morde, e eu grito para o céu.

Quando olho para baixo, o sangue gira na água azul-turquesa e escorre pela ponta do meu mamilo.

Com fogo nos olhos, Vane passa a língua sobre mim, limpando a vermelhidão, e depois morde novamente, machucando ainda mais a pele.

A dor me pega desprevenida, e lágrimas brotam em meus olhos. Uma escorre, descendo pela minha bochecha.

Vane fica imóvel.

Eu rebolo os quadris, tentando reivindicar mais de seu pau, mas ele me empurra bruscamente.

— O que está fazendo?

— Vá. — Ele aponta em direção à margem.

— O quê?

— Saia da água. — Ele está visivelmente trêmulo. — Saia e vá embora. Devagar.

— Não. Eu...

Seu cabelo preto fica branco, e sua voz adquire uma rouquidão sinistra.

— Dê o fora daqui, Darling.

Eu recuo.

— Vá! — ele repete. — Agora, porra.

Com o coração ainda preso na garganta e afundando até o umbigo, nado em direção à margem e saio lentamente da água. Vane está me observando, e meus braços ficam arrepiados quando sinto seu olhar em minhas costas.

A ideia dele lutando contra seus demônios internos para não me reivindicar me deixa molhada e excitada.

Pego meu vestido e o visto, observando-o de relance.

Ele se aproxima. Está me dizendo para ir embora, mas não acho que a sombra dele queira que eu vá. Talvez ele também não.

— Vá embora.

— E se eu não quiser? Posso tomar as próprias decisões, sabia?

— Darling, não vou falar de novo.

Engulo em seco e tropeço para trás, e ele dá três passos rápidos para perto, como se quisesse me amparar. Mesmo se perdendo para a sombra, ainda está ciente da minha segurança.

E, de repente, tenho um clique, o verdadeiro segredo para desvendar Vane.

Eu estava errada sobre ele, mas Peter Pan também estava. Não é uma questão de forçar ou não a barra. É uma questão de ser exatamente quem eu sou. Cada parte feia e quebrada.

Tenho que ser vulnerável, e talvez seja isso o que mais me apavora.

Mostrar a ele todas as minhas rachaduras e deixá-lo imprimir as suas na minha pele.

Já suportei uma vez.

E posso suportar mais, se for a única maneira de tê-lo.

Ele deve ter percebido algo em meu corpo, porque balança a cabeça lentamente, cerra os dentes e diz:

— *Winnie. Não.*

Mas ele não poderia me impedir nem mesmo se tentasse.

Eu me viro e saio correndo.

25
WINNIE

Os galhos da floresta da Terra do Nunca puxam meu cabelo e arranham meu rosto.

Mas continuo correndo.

Vane é mais rápido do que eu esperava, e posso sentir a terra tremendo sob suas passadas enquanto ele me persegue, cada vez mais próximo.

O terror toma conta de mim quando eu corro ao redor de um arvoredo.

É um pânico lancinante que me rompe a garganta em soluços trêmulos e inúteis. Lágrimas brotam nos meus olhos, nublando minha visão, e acabo batendo o ombro contra o tronco magro de uma bétula.

O Sombrio me caça sem fazer o menor ruído. E meu coração bate tão acelerado que consigo sentir a vibração até nos meus dentes.

Ele vai me pegar.

Ele vai me pegar.

Quanto mais devo correr?

Até onde?

Olho para trás e o vislumbro a poucos metros de mim. Vane foi completamente dominado pela sombra escura. Ou talvez não haja separação entre os dois, apenas determinação.

O mais puro terror aperta meu coração e o faz pular várias batidas, e, então, disparar como se estivesse prestes a explodir.

Meus braços estão arrepiados, um calafrio percorre minha espinha, meu peito está muito apertado, minha respiração muito superficial e...

Ele me agarra pela cintura e me joga contra o tronco de uma árvore. O impacto me faz perder o ar, e o casco grosso machuca minhas costas. Mesmo assim, estou formigando entre as pernas em antecipação ao que ele pode fazer comigo.

O Sombrio me agarra pela garganta, abre minhas pernas com um chute e joga seu peso sobre mim. Seu pau encontra o pequeno vão entre minhas coxas, e ele se esfrega contra mim, forçando um gemido agudo de meus lábios.

— Era isso o que você queria, Darling? — ele pergunta com aquela voz oca e vibrante que pertence à sombra, que arrepia até os pelos da minha nuca. — Eu disse para você não correr.

É difícil raciocinar direito estando apavorada. Impera somente o instinto básico de correr, chorar e implorar. Mas luto contra isso. Ceder é a única maneira de encontrá-lo na escuridão.

Tremendo e soluçando, enrolo minhas pernas em volta de sua cintura enquanto o terror pulsa nas bordas da minha visão.

— Isto é... exatamente... o que eu queria.

Tenho que respirar várias vezes entre os soluços para conseguir falar.

— Você não sabe que porra está pedindo.

— Então me mostre.

Rosnando, ele arranca meu vestido, rasgando-o em pedacinhos.

A escuridão da Sombra da Morte surge ao redor de seus olhos como uma máscara de tinta, e o terror redobra em minhas veias, roubando toda excitação.

Caralho, caralho.

Foco.

Deve existir algum jeito de combater esse efeito. Não quero ficar apavorada. Quero ficar chapada com o prazer de dar para ele.

Seu pau desliza pela minha fenda úmida, roçando meu grelo duro, e eu fecho os olhos, purgando as lágrimas não gastas.

Estou com tanto medo que minha cabeça lateja. Quero sair da minha pele. Quero lutar e correr.

Vane é uma onda do oceano que me puxa cada vez mais fundo.

Ele balança os quadris para trás, roubando o calor de seu pênis antes de enfiá-lo com força, fazendo-me gritar.

Ele é grande pra cacete, e o impacto da penetração é tão intenso e dói tanto que meus dentes batem.

— Vou rasgar essa boceta molhada em duas. Você vai me implorar para parar.

— Não, eu ganhei...

Ele soca dentro de mim até o talo, enchendo-me, e então leva as mãos à minha garganta e aperta.

Meus olhos se esbugalham automaticamente.

Ele me fode sem dó nem piedade. Duro. Rápido. Brutal. A árvore balança acima de nós.

Estou sem ar, sem ar para implorar. Lágrimas escorrem pelo meu rosto.

Ele é implacável.

Faminto.

Ele me fode e me fode, rangendo os dentes enquanto seus olhos negros cintilam vívidos.

Como é que... como é que eu...

Eu não consigo respirar. Minha visão se afunila. Ele me estrangula com mais força.

Porra.

Porra.

Fui longe demais.

Eu não sabia o que estava fazendo.

Ele tentou me avisar.

Eu não quis ouvir.

Eu vou morrer aqui.

Minhas mãos se debatem. O instinto básico de tentar escapar.

E, então, meus dedos se fecham em um galho minúsculo e afiado logo acima. É isso.

Dor.

Eu preciso de dor.

Quebro o galho com um estalo e, com toda a energia que me resta, enfio a ponta na palma da mão e arrasto pela parte carnuda. A dor é aguda e imediata, e todos os meus músculos são acionados.

O terror desaparece, dominado pela agonia na palma da minha mão. Agarro e puxo uma das mãos de Vane ainda em volta da minha garganta e lhe dou um tapão, já prestes a desmaiar. De repente, ele está piscando, olhando para o sangue que escorre pelo meu peito, que suja suas unhas.

— Darling... — diz com a voz rouca e afrouxa o aperto, mas seus olhos ainda estão pretos.

Volto a mim conforme o oxigênio enche meus pulmões e dou um suspiro profundo, que faz meu corpo inteiro tremer.

— Me come — eu lhe digo e inalo profundamente. — Me come agora.

Suas mãos afundam na minha bunda, arreganhando-me ainda mais, e Vane me preenche de novo. Cada centímetro, cada veia inchada. Ele retira a rola por um segundo e, então, mete com tudo, com tanta força que faz até a árvore gemer.

— Ah, agora, sim, porra — digo, envolvo meus braços em volta de seu pescoço e aguento firme.

Não há nada gentil nele. Vane ainda está consumido pela escuridão, mas agora tem controle sobre ela e sobre mim, e está tomando o que dou de bom grado.

E, porra, está gostoso pra caralho.

— Esfregue essa bocetinha para mim, Darling — ele diz e nos joga contra a árvore novamente. — Estou tão perto de te encher de porra.

— Ah, é?

— É — diz num grunhido.

Coloco minha mão entre nós e, com dois dedos, massageio meu clitóris. Imediatamente chego ao limite.

— Ai, caralho. Eu não quero gozar ainda.

Quero prolongar esse momento. Quero saborear. Cada segundo.

Vane é meu. Ele é meu e eu sou dele, e nunca mais vou deixar que ele me afaste novamente.

Mantenho os dedos firmemente contra meu grelo, como se isso fosse afastar o prazer que ameaça me invadir.

Com os olhos bem apertados, coloco minha cabeça contra a árvore enquanto Vane me castiga com seu pênis.

— Winnie — ele diz. — Você vai fazer essa boceta encharcada gozar para mim e vai fazer isso agora.

— Eu não quero — digo com um gemido.

— Olhe para mim — ele ordena e eu abro os olhos. A escuridão desapareceu de seu semblante, e seu olho violeta brilha com calor, desejo e necessidade. Vane precisa de mim e precisa disso, e, mais que qualquer coisa no mundo, quero dar isso a ele.

Vane sempre será a última pessoa a exigir algo de mim e, por isso mesmo, sempre será aquele que eu mais quero agradar.

— Tudo bem — digo.

Ele agarra minha mão e captura dois dos meus dedos em sua boca. E me chupa com os lábios, circula meus dedos com a língua, encharcando-me antes de guiar minha mão de volta ao meu clitóris.

— Eu te quero, Win — ele diz. — Me deixa encher essa xotinha gostosa enquanto você grita meu nome.

— Sim. Sim — gemo alto enquanto rego meu clitóris com sua saliva. Estou tão molhada que está escorrendo pelas suas bolas enquanto ele afunda tudo dentro de mim.

Ele é meu.

Ele é meu.

Mal preciso me tocar antes de me perder num voo de deleite, minha voz ecoando pela floresta.

— Oh, meu Deus. Vane! Porra! Vane! — Ele continua estocando. Rápido. Incansável. Dando à minha boceta a surra que ela merece.

Ele está ficando mais duro, mais frenético em seus movimentos, grunhindo para mim, derramando-se dentro de mim.

— Porra, Win — ele rosna, seu pau latejando contra minhas paredes internas apertadas.

Um trovão ribomba no céu.

Vane geme entredentes e bombeia mais um pouco, seus dedos agora machucando a parte de trás das minhas coxas.

Respiro fundo várias vezes enquanto minha alma flutua de volta ao meu corpo.

— Oh, meu Deus — digo novamente. — Isso foi… — Não tenho palavras. Não sei como qualquer palavra poderia descrever essa trepada.

Vane entra e sai de mim em impulsos lentos e lânguidos, como se saboreasse a sensação de ainda me ter encaixada em seu pênis.

— Você não deveria ter corrido — ele diz e se inclina para a frente, apoiando a testa na minha. Nossa respiração se mistura.

— Estou feliz por ter corrido.

— Eu poderia ter te matado. — Ele desliza novamente, ainda incrivelmente duro para alguém que ejaculou.

— Mas não matou.

— Você acha que ganhou alguma coisa.

— Não, eu não ganhei — digo e pressiono meus lábios contra os dele. Sua boca fica imóvel por um segundo antes de me beijar de volta. — Eu reivindiquei. Reivindiquei você.

Ele rosna contra minha boca, e sinto seu pau esticar dentro de mim.

— Se é o que você quer pensar.

— Eu reivindiquei. Agora você é meu. E não tem mais volta.

Ele cava seus quadris em mim, afundando a cabeça de seu pau até o meu útero, juro por Deus.

— Talvez você tenha enlouquecido, afinal.

Eu o beijo novamente, desta vez mais profundamente, e sua língua desliza contra a minha. Passo meus dedos por seu cabelo ainda úmido enquanto o trovão ressoa novamente. Quando me afasto, digo a ele:

— Nunca mais me rejeite.

— Ah, Darling, tão carentinha.

— Pode apostar que sou.

— Prometa-me uma coisa.

— Qualquer coisa.

— Ai, tão fácil que chega a irritar.

— Cale a boca e me diga o que é.

Sua boca percorre meu queixo, desce pelos hematomas e pela garganta em carne viva.

— Se algum dia eu perder o controle de novo, prometa que vai me dar um chute nas bolas ou uma punhalada na minha cara.

— Eu jamais faria isso.

— Prometa! — Ele insiste com um grunhido e arrasta os dentes sobre a pele sensível logo abaixo da minha orelha. Dou um gemidinho de surpresa e me encolho. — Prometa, Darling. Se você me quer, essa é a única maneira.

Eu suspiro.

— Tá bom. Prometo que te dou uma facada.

Ele finalmente sai de dentro mim e eu faço beicinho quando me coloca de pé no chão da floresta. Ambos estamos nus e sem roupas por perto.

— Tenho uma camisa que você pode usar na praia — ele me diz e me empurra de volta para a lagoa.

Percebo tarde demais o erro que cometi.

Ele tem uma visão clara das minhas costas.

Vane me agarra pelos braços e me faz parar. O ar está carregado e silencioso até que ele inspira e rosna:

— Darling, quem fez isso contigo?

Eu me viro, ficando de frente para ele, mas ele me vira de novo pelos ombros. Sinto as pontas de seus dedos roçando as cicatrizes e não consigo conter o arrepio que me toma, por mais que tente.

— Quem? — ele repete. — Quero o nome para eu poder esfolar o maldito.

— Não foi ninguém.

— Winnie!

— Foi minha mãe!

Sua mão se espalha pela base do meu pescoço, os dedos curvando-se sobre meu ombro. Sinto sua quietude e sua relutância.

— Merry fez isso contigo?

— Não diretamente. Contratou alguém.

— Ela pagou para fazerem isso com você?

A raiva faz sua voz vibrar e, quando me viro para Vane, seus olhos estão pretos novamente.

— Quando Pan descobrir...

— Ele já sabe.

— Então por que você não me contou?

— Não sei. Eu não queria sua pena. Queria o seu respeito.

Assim que a admito em voz alta, meu rosto fica vermelho de vergonha. Eu não queria revelar tanto.

Quando seu rosto cai, imediatamente me arrependo de ter deixado as palavras saírem.

— Você queria tanto meu respeito que me deixou te foder contra o tronco de uma árvore?

O rubor se intensifica.

— Talvez. Não sei.

Ele me guia em direção à praia novamente enquanto um raio persegue o estrondo de um trovão no alto. Quando chegamos à lagoa, ele pega a camiseta preta e a segura esticada, então tudo o que tenho a fazer é enfiar a cabeça e passar meus braços pelas mangas. Eu me afogo nela assim que se acomoda sobre meu corpo, e acho que Vane aprecia a visão mais do que gostaria, porque não consegue parar de olhar para mim. Ele não vai olhar para meu corpo nu, mas vai gostar de me ver em suas roupas.

Nunca estive constrangida até agora.

Cruzo os braços sobre a cintura, cravando o dedo do pé na areia fria.

— Jamais deveríamos ter mandado Merry de volta quando soubemos que ela estava grávida — diz ele. — Nunca deveríamos tê-la deixado te criar sozinha.

— E iam fazer o quê? — eu zombo. — Mantê-la aqui? Então todos vocês poderiam ajudar a me criar? Isso soa ainda pior e bem mais pervertido.

Ele desvia o olhar, sabendo que estou certa.

— Acredito firmemente que tudo acontece por uma razão e eu estava onde deveria estar. — Ele me encara, o olho violeta brilhando. — E agora estou exatamente onde deveria estar mais uma vez.

Vane veste a calça e enfia o pau lá dentro. Deve estar com o meu cheiro, e isso me dá uma onda boba de alegria.

— Onde você *deveria* estar é em casa — ele diz e me empurra em direção ao caminho depois de abotoar a calça. — Você está tremendo, já está tarde e agora está ainda mais machucada.

Eu sorrio para ele.

— Gosto quando você pega pesado comigo.

— Pare com isso.

— Tenho o direito de gostar, ué.

Ele resmunga.

— Não à custa do oxigênio em seus pulmões.

— Hummm, fale por si mesmo. Eu não me importaria de experimentar aquilo em circunstâncias controladas.

— Você quer que eu te sufoque? — Ele faz uma careta para mim.

Penso nisso por um segundo.

— Sim.

— Puta que o pariu, Darling. — Ele coloca a mão nas minhas costas e me dá outro empurrão, como se estivesse horrorizado com a ideia. — Vamos logo para casa. Antes que eu te dê exatamente o que você quer.

26
CHERRY

Não consigo respirar de tanto que estou chorando.

Vane cedeu a ela.

Ele cedeu a ela?!

Corro por entre a floresta. Não sei para onde estou indo e também não importa. Vane cedeu a Winnie, e a expressão em seu rosto...

Eu não queria espionar. Tudo bem, eu espio bastante, mas, dessa vez, não tinha a intenção de espioná-los. Estava procurando Vane e então o ouvi, e, quando tropecei entre os galhos e os vi...

As lágrimas vêm fragorosas, escorrendo pelo meu rosto.

Todos os anos que morei na casa e tentei de tudo e até capturei a sombra e pensei que...

Paro em um ponto da estrada, o que conduz a Porto Darlington e à casa. Olho para meu braço, para o corte que agora tem uma casca de sangue seco.

Eu capturei a sombra. Tenho aquela sombra escura e perigosa presa no meu quarto.

E se certa garota Darling a encontrasse por lá...

Ok, não, não posso fazer isso.

Seria errado.

O rosto de Vane trepando com Winnie contra aquela árvore surge em minha mente. Ele estava gostando. Agora ela o tem na palma da mão. Ele nunca mais vai ceder a mim se ela estiver por perto.

Com as mãos cerradas em punhos, grito para o céu.

— Isso tudo é tão estúpido!

Mas parece que minhas entranhas tentam subir pela minha garganta. Meu estômago está embrulhado, meus olhos ardem, minha garganta está entupida e...

Vane deveria ser *meu*.

E Winnie deveria ter voltado para seu mundo e ficado lá.

Não acredito em coincidências.

Seco os olhos na manga da camisa e pego o caminho de volta para casa.

Talvez o universo tenha me dado a sombra por um motivo.

Talvez eu deva usá-la, afinal.

PETER PAN

Os gêmeos estão rindo e não conseguem parar.

— Você lançou aquele filho da puta para as nuvens — diz Bash.

Kas enxuga as lágrimas do rosto enquanto a brisa do oceano sopra seu cabelo no rosto.

— Você viu só como ele foi girando todo o caminho?

O Garoto Perdido em questão, aquele que prendi no estilingue gigante e lancei para o céu, está caminhando de volta pela praia, com as roupas encharcadas e penduradas no corpo magro como musgo de uma árvore. Ele também está bêbado. Estamos todos bêbados.

Eu precisava disso mais do que imaginava.

— Isso foi divertido — diz o Garoto Perdido e sorri para mim.

— Ótimo — digo a ele. — Agora dê o fora daqui.

Ele corre de volta para a fogueira, onde os demais Garotos Perdidos estão bebendo, jogando cartas e brincando com as garotas da cidade.

Bash, Kas e eu estivemos visivelmente ausentes da fogueira.

Inevitavelmente, as garotas vão nos cercar e teremos de rejeitá-las. Não quero que elas estraguem minha diversão.

Examino a multidão em busca da *minha* garota, mas ela também está visivelmente ausente.

— Onde está nossa Darling? — pergunto aos gêmeos.

Bash me passa uma garrafa de rum recém-aberta.

— Acho que a vi entrar em casa faz um tempinho.

A vontade de ir atrás dela é quase insuportável.

Mas há algo que preciso dizer aos gêmeos enquanto estamos a sós. Tomo um longo gole do frasco âmbar e passo a um deles.

— O que sua irmã lhes ofereceu?

Eles se entreolham, e posso ouvir o toque dos sinos sobre a agitação do oceano.

— Não, seus filhos da puta. Podem falar na minha cara.

Bash suspira.

— De uma forma um tanto vaga, ela nos ofereceu nossas asas de volta e a possibilidade de sermos bem-vindos à corte novamente se ficarmos do lado dela ou lhe dermos algo que ela possa usar contra você.

Tilly pode ser jovem comparada a mim, mas preciso lhe dar os devidos créditos: ela sabe como motivar os irmãos. Eles podem fingir que o banimento é apenas uma lembrança distante, mas sei que é uma farpa encravada profundamente sob a pele, que eles cutucam e cutucam enquanto a ferida infecciona e a pele apodrece.

Os impasses com Tilly, perder as asas, sair de casa, são assuntos mal resolvidos, e, quanto mais eles ignorarem, pior vai ficar.

— Não tenho o poder de devolver suas asas diretamente — digo —, mas, se tiver minha sombra, terei poder para lhes ajudar a dar um golpe, se é isso o que vocês desejam.

Os dois fingem que estão apenas considerando esta oferta, mas não são estúpidos. Este sempre foi o plano. Acho que, de certa

A SOMBRA DA TERRA DO NUNCA

forma, sempre soube que eles acabariam no trono. Talvez tenha sido por isso que os acolhi quando foram banidos. Os gêmeos sempre tiveram algum valor para mim, mas agora passei a vê-los como irmãos.

Dois irmãozinhos cretinos, de qualquer maneira.

O tilintar dos sinos permeia a noite. Eu permito que tenham uma conversa secreta desta vez.

— Tudo bem — Kas finalmente diz. — Considere esta nossa palavra oficial. Ficaremos do seu lado se você nos ajudar a recuperar nossas asas e a corte.

Concordo com a cabeça, sentindo os últimos vestígios do álcool queimarem. Como imortal, nunca consigo ficar bêbado por tempo suficiente.

— Acho que vamos gostar disso — digo. — Derrubar a rainha fae tem certo apelo.

Bash bufa.

— Ainda é da nossa irmã que você está falando.

— Desculpe. — Passo os braços em volta do pescoço deles e puxo-os para mim. — Deixem-me corrigir. Derrubar sua irmã será divertido.

Kas puxa o cabelo debaixo do meu braço.

— Você é mesmo o maior cretino do mundo.

— Agora estamos na mesma página.

WINNIE

Quando voltamos para casa, Pan está no hall de entrada.

— Ah, aí estão vocês. Onde diabos vocês dois estavam?

— Trepando — digo com orgulho.

Vane resmunga.

Pan nos encara um tanto surpreso, e percebo que ele se demora nos hematomas recentes em volta da minha garganta.

— Você está bem? — ele me pergunta.

— Magnífica.

— Pare de se gabar — Vane me repreende. — Não combina com você.

— Pelo contrário. Combina muito bem.

— Bash! — Pan grita na direção da casa.

— Fala! — Bash responde do loft.

— Prepare o unguento. — Pan aponta o dedo para mim. — Desta vez você vai usar. Fim da discussão.

Reviro os olhos, mas há um limite para o quanto posso bater de frente com esses homens poderosos.

— Ai, tá bom.

Subimos a escada em caracol e Bash já nos espera com o bálsamo em mãos. Ele estreita os olhos para Vane.

— Você não quebrou a nossa Darling, né, Sombrio?

— Não — respondo.

— Discutível — diz Vane.

Peter pega o bálsamo e vem até mim, mas Vane toma-o de suas mãos, enlaça-me pela cintura e começa a me arrastar para o seu quarto.

— Vane! — Pan grita.

Ele continua me prendendo e diz:

— Hoje a Darling é minha.

— Eu não sabia que podíamos reservar a Darling — diz Bash, sua voz ficando mais fraca conforme Vane me leva para seu quarto e fecha a porta atrás de nós.

É a primeira vez que estou em seu quarto *e* estou coerente o bastante para entender. Ele dá a volta no cômodo e acende várias arandelas; logo a luz dourada se espalha pelo recinto.

Por um lado, o espaço é exatamente como eu imaginava; por outro, é completamente diferente.

A cama é grande e está arrumada com um edredom de linho macio e vários travesseiros fofos, as colunas de dossel são grossas e os pés e a cabeceira são decorados com delicados entalhes na madeira.

Do outro lado do leito, há uma lareira, cujo piso de pedra está apagado e frio no meio da estação quente da Terra do Nunca. Sobre a cornija, há uma fileira de livros, um pequeno modelo de navio e alguns outros enfeites.

Pendurada logo acima há uma grande pintura, feita a óleo, de uma campina com uma garota parada no centro; seu vestido branco balança ao vento. A moça está de costas para o espectador, então é impossível saber como ela é ou o que está pensando, mas a frouxidão em seu corpo me leva a crer que ela está feliz.

— Sente-se — Vane ordena, então vou para a cama e me sento na beirada. Ele abre o frasco do unguento e cutuca meu queixo para cima. Em seguida, mergulha os dedos na gosma verde. Seu toque é gentil enquanto espalha o bálsamo em minha pele, e, quando sinto o calor penetrar, fecho os olhos e suspiro.

— Melhor? — pergunta.

Abro os olhos e levo um segundo para focar nele novamente. Vane está rodeado de luz, uma visão sombria, fiada em ouro. Ele continua sem camisa, expondo as linhas duras dos músculos sólidos. Seu tamanho é impressionante e também reconfortante. Como se eu sempre estivesse protegida enquanto ele se mantivesse por perto.

Tal compreensão, de como ele me faz sentir, dá um nó na minha garganta e se manifesta com um soluço.

— O que foi? — pergunta.

— Nada, é só... — Ele espera pacientemente que eu responda. — Estou com receio que isso seja algum tipo de ilusão, talvez algum truque dos gêmeos me fazendo pensar que você está aqui. E tenho medo de despertar.

Até imagino como devo soar. Uma garotinha patética e carente desesperada pela atenção e pela rola do Sombrio. Ele me come uma vez e agora eu não consigo mais ficar longe dele.

Mas é tudo verdade.

Mais que Pan, mais que Bash e Kas, eu queria Vane porque reconheço nele algo que me é familiar.

Nós dois somos criaturas quebradas e morremos de medo de que alguém perceba.

— Levante-se — ele ordena e eu me levanto. Ele deixa o unguento de lado e puxa o edredom. — Suba aí.

Eu me aconchego em sua cama, o coração acelerando no peito, um frio extremo na minha barriga. Ele se deita ao meu lado e me abraça, puxando o cobertor sobre nós.

Estou tão feliz que até dói. Envolvida por seu perfume, aninhada em seus braços.

Não quero que a bolha estoure.

Não quero chorar que nem uma idiota.

— Estou aqui — ele diz, a voz rouca em meu ouvido enquanto me abraça forte, acariciando meu braço com as pontas dos dedos. — Está sentindo isso?

— Sim. — Estremeço sob seu toque.

— Eu estou aqui, sou real e não vou a lugar algum.

Lembro-me de Pan dizendo que Vane estava pensando em voltar para sua ilha. Não sei se Vane sabe que eu sei, mas decido usar isso a meu favor.

Creio que Vane seja do tipo que não faz promessas levianamente porque sempre cumpre sua palavra.

— Prometa-me que não vai a lugar algum. — Ele resmunga. — Você me forçou a prometer que iria te esfaquear na cara. Agora me dê isso. Por favor.

— Está bem. Eu prometo, Darling.

— Promete o quê?

— Que não vou a lugar algum.

Suas palavras ecoam na minha cabeça enquanto o bálsamo das fadas penetra minha corrente sanguínea e alivia toda a tensão e a dor do meu corpo.

Eu me agarro a essas palavras com tudo o que tenho. E me agarro a ele com todas as minhas forças.

29
CAPITÃO GANCHO

— J^(AS.) Alguém põe a mão no meu ombro e me sacode.

Acordo abruptamente, brandindo meu gancho, e, por pouco, não acerto o rosto de Smee com a ponta fina e afiada. Ela desvia no último segundo e me fulmina com um olhar desapontado.

Como se fosse minha culpa.

— Por Cristo! — Esfrego os olhos com o polegar e o indicador. — Não faça isso.

— Como devo te acordar então? Com uma vara de três metros?

— Talvez sim, se quiser manter o rosto conectado ao seu crânio. — Quando a encaro novamente, percebo que está tensa e impaciente. — O que foi?

— Eles encontraram a sombra de Pan.

Levanto-me de um pulo.

— Smee! Você deveria ter começado por aí. — Ela resmunga algumas obscenidades às minhas costas conforme eu saio correndo de casa. — Onde? — grito.

— Lá na beira do rio.

O Rio Misterioso fica a uma curta distância da casa, na direção nordeste. Já posso ouvir o barulho da água correndo no leito do rio ao me aproximar, bem como os homens gritando uns com os outros.

— Saiam do meu caminho! — grito e empurro vários piratas de lado.

Encostada no tronco de um carvalho está a sombra de Peter Pan.

É difícil enxergá-la se olhar diretamente, pois é mais uma sugestão que uma forma. Mas posso sentir. O ar vibra com poder.

Pela primeira vez em muito tempo, estou cheio de esperança.

A expressão no rosto do Crocodilo quando ele souber que possuo a sombra da Terra do Nunca...

— E agora, Capitão? — pergunta um de meus homens.

Excelente questão. Nunca pensei no plano até este ponto. Talvez eu tenha sido um pouco descuidado nesse aspecto.

Como capturar uma sombra fugitiva?

Melhor ainda, como reivindicá-la?

Olho para Smee. Ela passou alguns anos em outras ilhas estudando magia. Ela é mortal, mas aterrissou na cadeia de ilhas quando tinha apenas dezenove anos. Sempre foi fascinada por esses assuntos e tem uma memória sem igual.

— Ninguém que tem uma sombra jamais falou abertamente sobre como reivindicá-las — ela esclarece.

— Puta merda.

A sombra dispara para o lado e todos nós avançamos para cercá-la. Ela salta de volta para a árvore, colocando-se entre dois galhos.

— Preciso de um baú — anuncio. Ninguém se mexe. — Oras, não fiquem aí parados!

A SOMBRA DA TERRA DO NUNCA

Dois homens correm de volta para a casa. Eu me aproximo mais alguns centímetros.

— Cuidado, Jas — diz Smee.

— Sei o que estou fazendo.

As bordas da sombra vibram quando estendo meu gancho em sua direção. Se for violenta, meu metal pode aguentar o tranco, já o meu corpo não.

Ouvi atrocidades sobre a Sombra da Morte, e é difícil prever do que a Sombra da Vida é capaz.

Ela salta para a frente e para trás, alongando-se bastante.

Os homens retornam com um baú do tamanho de um cachorro de grande porte.

— Abram-no — ordeno. — E o segurem firme.

Eles se posicionam, um de cada lado do baú, com uma das mãos por baixo e a outra sustentando a tampa, de modo que o baú se torne um buraco aberto na frente da sombra.

Não preciso saber como reivindicá-la neste exato momento, mas não posso deixá-la escapar.

— Preparem-se para fechar a tampa — oriento-os e vou para trás da árvore.

Smee vem pelo outro lado, braços abertos, joelhos dobrados, em prontidão para saltar.

— No três — eu lhe digo.

— Aye — ela responde.

— Um.

Os piratas ficam imóveis.

— Dois.

Os homens segurando o baú titubeiam, e eu os encaro com um olhar assassino. Eles se endireitam, segurando firmemente.

— Três!

Smee e eu nos lançamos, e a sombra salta para a frente, bate com tudo no fundo do baú. Os homens o deixam cair e ele começa a chacoalhar.

— Fechem, seus idiotas!

O mais corpulento dos dois salta sobre a tampa enquanto a sombra se debate lá dentro, tentando escapar. O outro pirata fecha a trava.

Assim que está segura, finalmente respiro aliviado e, então, olho para Smee e sorrio, mas ela meneia a cabeça.

— Não gosto nada disso, Jas.

— Eu não te pago para gostar das coisas, Smee. Apenas para encontrá-las. Agora vamos. Precisamos descobrir como reivindicar essa maldita sombra antes que Peter Pan chegue.

30
WINNIE

Estamos todos no loft aguardando o Rei da Terra do Nunca despertar.

É hoje que ele irá ao território do Capitão Gancho procurar sua sombra. Todos parecem confiantes de que ele a encontrará.

Vane está sentado no canto do sofá lendo um livro. Estou deitada no sofá com a cabeça em seu colo e Bash aninhado entre minhas coxas. O gêmeo inspira fundo, sentindo meu cheiro, e revira os olhos.

— Ah, você é tão cheirosa, Darling. Tudo bem se eu der uma provadinha?

— Estou cheia de esperma do Vane — digo-lhe. — Mas vá em frente.

— Tenha a santa paciência — Vane resmunga.

Ele finalmente cedeu a mim, mas ainda não está muito contente com isso, o que me deixa duplamente feliz.

— Estou com fome — diz Bash —, mas não *tanto assim.*

Ele se reacomoda entre minhas pernas e eu faço carinho em seu cabelo escuro e sedoso.

Do outro lado da sala, Kas está sentado em uma das poltronas de couro, com as pernas sobre os braços do móvel, profundamente concentrado, tentando resolver um daqueles pequenos quebra-cabeças de madeira. Ele tem o cenho franzido e o mesmo olhar determinado de quando eu estava amarrada à Árvore do Nunca e ele arrancava de mim orgasmo atrás de orgasmo.

É difícil acreditar que esta é a minha nova realidade. Que tenho quatro homens incrivelmente gostosos só para mim. Que eles não só querem me comer, mas também parecem gostar de mim exatamente pelo que sou.

E pelo que não sou.

Será que esta poderia ser minha vida daqui em diante? Relaxando na praia e transando com qualquer um deles sempre que eu quiser? Ter Bash cozinhando para mim enquanto Kas me conta uma história e Vane de bico ao meu lado enquanto Peter Pan fuma um cigarro e parece mais sexy que qualquer homem tem o direito de parecer?

Quero tanto que esta seja minha realidade que meu estômago até dói.

À medida que o sol se põe, minha expectativa aumenta, e, quando ouço a porta da tumba de Pan se abrir, sinto um redemoinho de excitação na barriga.

— Rá! Consegui! — Kas exclama mostrando o quebra-cabeça de madeira remontado, parecendo satisfeito consigo mesmo.

— Parabéns, irmão — diz Bash, passando o braço em volta da minha coxa. — Você resolveu um brinquedo infantil.

— Ah, cale a boca — diz Kas.

— Vocês dois, calem a boca.

O Rei da Terra do Nunca acordou.

Só por Deus, como ele é gostoso.

Peter Pan está sem camisa e sua calça não está ajustada, pairando baixa nos quadris e expondo aquelas duas linhas mágicas que descem por dentro do cós da calça. Assim como Vane, ele não é tão musculoso quanto os gêmeos, mas é facilmente o mais alto de todos e o que tem a presença mais marcante.

Desconfio que todos nós somos um pouquinho apaixonados por Peter Pan. Até Vane.

Pan e eu nos olhamos, e percebo que a ruga entre suas sobrancelhas se suaviza quando ele percebe a visão relaxada de mim deitada no colo de Vane, como se estivesse carregando a tensão entre o Sombrio e mim naquele espaço entre seus olhos.

Não sei o motivo, mas o alívio dele ao ver todos nós nos dando bem me faz sentir algo no fundo do peito que quase parece calor.

Por favor, quero que isto seja real.

— De pé, todos vocês — ele ordena. — Temos um lugar para ir.

— Eu também? — pergunto.

— Você ficará com os gêmeos, por perto, mas fora de vista. Não vou te deixar aqui sozinha e dar a Gancho a chance de enviar seus homens para te raptar.

Kas e Bash se levantam. Os dois estão de bermudas e sem camisa — seus trajes habituais de praia — e somem corredor afora para se vestir.

— Bash fez café? — Pan pergunta.

— Sim — respondo.

— Vocês dois, venham comigo.

Ele segue para a cozinha.

Eu me levanto. Vane fecha o livro, coloca-o de lado e permanece ao meu lado, encarando-me com tanta intensidade que sinto meu interior tremer e meu couro cabeludo formigar.

Então ele me empurra em direção à cozinha.

Pan está junto ao balcão enchendo uma caneca de barro com café quente. O vapor sobe do bule.

— Como você está? — ele pergunta, mas não deixa claro a quem está se dirigindo.

Vane se apoia na borda do balcão e cruza os braços à frente do peito.

— Estou bem — respondo. — Melhor do que bem.

Com a xícara na mão, Pan se vira e me encara, perscrutando minha garganta e então meu corpo, como se procurasse mentiras. Quando parece satisfeito com a análise, corta para Vane.

— Então você descobriu?

— Sim — responde Vane.

Pan não pede detalhes, e admiro sua confiança em nos deixar guardar nossos segredos.

Eu deveria ter desconfiado que o caminho para o coração do Sombrio seria por meio de dor e sangue. Mas, acima de tudo, *vulnerabilidade*.

Vane e eu nos entendemos porque nós dois estamos quebrados.

E ambos odiamos admitir essa verdade.

Então não admitiremos.

Dividiremos nossas verdades por meio do sexo, da dor e do sangue, até que ambos estejamos saciados.

Pan assente em sinal de aprovação e toma um gole de café. O vapor se eleva pela superfície de seu rosto, e sinto inveja da fumaça por sua proximidade com o rei.

Sei que ele tem uma missão a cumprir, uma sombra a rei-vindicar, mas, de repente, estou com fome dele.

— Partiremos em breve — diz Pan. — Vá colocar mais roupas, Darling — acrescenta. — Só nós podemos te apreciar.

A SOMBRA DA TERRA DO NUNCA

— Quer dizer que não vamos adicionar o Capitão Gancho ao nosso harém? — provoco.

Tanto Pan quanto Vane fazem uma careta, como se eu tivesse sugerido que adicionássemos um polvo.

— Nunca mais fale isso, nem de brincadeira — resmunga Vane.

Pan vira sua xícara para Vane.

— Eu te apoio. Agora vá, Darling. Dez minutos.

— Tá bom, tá bom.

Começo a me afastar, mas Pan agarra meu punho e me puxa de volta para si. Ele planta seus lábios nos meus e abre a boca para que sua língua possa encontrar a minha.

Sinto um calafrio, ainda que seu corpo queime perto do meu.

Quando se afasta, ele me empurra para Vane.

E o Sombrio aceita o desafio.

Ele me gira, colando minhas costas em seu peito, e, então, passa um braço em volta da minha cintura, enquanto a outra mão está enrolada em minha garganta. Ele vira minha cabeça para si e reivindica minha boca, enfiando sua língua mais profundamente do que a de Pan jamais foi.

Agarro-me ao braço dele, tentando me manter de pé enquanto minha cabeça gira e minha respiração acelera. Minha boceta está zumbindo por atenção, e Vane levanta a mão até meu peito, apertando-o com força, chegando a meu mamilo e dando um beliscão tão agudo que gemo em sua boca.

Quando ele termina o beijo e me endireita, estou tonta, delirante e cambaleando.

Pan lambe os lábios, claramente gostando do show. Mas, pela primeira vez, está mais focado em sua missão que na minha boceta.

— Vá em frente — ele diz e inclina a cabeça em direção ao meu quarto.

Talvez quando voltarmos eu possa ter os dois, a Sombra da Morte e a Sombra da Vida.

Oh, Deus, só de pensar em dar para os dois já é orgástico. Não vou durar cinco minutos com estes homens brutais.

Saio da cozinha rebolando mais que de costume.

Quero que eles saibam exatamente o que devem esperar depois desta missão.

31
PETER PAN

Vane e eu observamos Darling sair como se fosse o sol se pondo no horizonte, levando consigo todo o calor.

Quando recuperar minha sombra, poderei me expor novamente à luz do dia, mas, talvez, Darling seja toda a luz de que sempre precisei.

— Você realmente conseguiu domá-la? — pergunto a Vane.

Ele desvia o olhar da figura de Darling.

— Ela está suficientemente domada — ele explica, franzindo o cenho. — Ao que tudo indica, preciso sentir dor e sangrar para voltar a mim.

Faz sentido. Mas ainda não gosto nada disso.

— Eu vou devolvê-la — ele acrescenta. — Não quero nem preciso mais da sombra. Vou me livrar dela...

Percebo que ele se interrompeu e deixou algo por dizer.

— Você vai se livrar dela pela Darling.

Vane bufa e desvia o olhar, mas não nega o que eu disse.

Darling nos tem a seus pés, venerando-a. Ainda não sei como realizou tal proeza. Ela é uma feiticeira fazendo truques cujo segredo eu ainda não descobri.

Talvez sua bocetinha molhada seja o truque e a ilusão, porque, ai de mim, se não me sinto arrebatado por Winnie toda vez que ela senta no meu pau.

— Não sei qual é a sensação de ter a Sombra da Vida — diz Vane —, mas a Sombra da Morte é dolorosa. É um fardo que não quero mais carregar. Basta, esse é o fim. Ficarei bem sem ela.

— E quanto à Sombra da Morte da Terra do Nunca? — indago. — O que devemos fazer com ela?

— Dê a um dos gêmeos.

— Kas provavelmente conseguiria suportá-la. Ele é prático. Paciente. Confiável. Sinto que, entre os dois, ele seria o mais indicado.

— Eu concordo.

— Mas você manterá a sua sombra até derrubarmos a rainha fae, né? Faça isso por mim.

Minha sentença não é exatamente uma pergunta, mas acho que ele sabe que também não é uma ordem.

— Não nos deixarei vulneráveis, mas meu irmão, vindo para a ilha, vai complicar as coisas. Vai revirar nosso passado.

— Eu sei.

Na verdade, não sei. Conheço a história dos dois por cima e, mesmo assim, é um tanto confusa.

— Um problema de cada vez — repito.

— São problemas demais, caralho. — Ele se afasta da ilha. — E, falando em problemas... você viu Cherry? Se aparecermos na casa do Gancho sem ela, podemos ter mais um problema.

— Não a vi, não. Mas logo ela aparece e, então, aproveitamos para enxotá-la para casa que nem um gato selvagem.

A SOMBRA DA TERRA DO NUNCA

— Vamos logo meter o pé na bunda de piratas e recuperar sua sombra — Vane assente. — Estou cansado de ser o mais poderoso do grupo.

— Seu filho da puta! — Eu gargalho e o agarro num mata-leão. Vane também cai na risada. — Quando a recuperar, vamos apostar uma corrida entre as nuvens.

Seu olho violeta faísca com a promessa de um desafio.

— Vou adorar ganhar de você.

KAS

Partimos rumo ao território de Gancho, nossa Darling guardada em segurança entre meu irmão e eu, com Pan e Vane liderando o caminho. A noite está fria e os lobos uivam.

Sinto no ar que há algo errado, mas não sei bem o que fazer com tal sensação. Os lobos, no entanto, são um bom sinal. Nani sempre nos disse que lobos simbolizam força e proteção. É melhor mesmo que eles sejam um bom presságio do que está por vir. Se vamos nos virar contra Tilly, Peter Pan precisa recuperar sua sombra, e rápido.

Talvez venha daí a impressão de que algo não está certo: bater de frente com Tilly é como tentar vestir um traje que não nos serve, que pinica nossa pele.

Não quero odiar minha irmã, mas, ainda assim, a raiva que sinto está muito próxima do ódio.

Ela sabia o que nosso pai pretendia fazer e estava disposta a apoiá-lo. Deserdar-nos, casar-se com um pirata, destronar Peter Pan.

Bash e eu não fizemos tudo o que deveríamos para nos tornarmos reis? Aguentamos horas intermináveis de lições de decoro e etiqueta na corte. Estudamos textos antigos para aprender os costumes de nossos ancestrais. Praticamos magia fae e passamos horas a fio no pátio treinando técnicas de espada e posturas de luta até ficarmos de pernas bambas e músculos doloridos.

E o que nossa querida irmãzinha fez? Aprendeu a bordar tapeçarias e a esculpir fofocas da corte em armas afiadas.

De certo modo, ela nos usou, e não sei se algum dia serei capaz de perdoá-la por isso.

Contudo, durante todo o tempo em que vivemos com Peter Pan, sempre nutrimos uma centelha de esperança de que ela pudesse revogar nosso desterro e nos receber de volta ao nosso lar, sem condições ou imposições.

Agora esta centelha se apagou, e perder toda a esperança dói como perder uma costela. Parece que não consigo encontrar uma posição confortável para me manter de pé.

Darling dá um passo para trás e engancha seu braço no meu.

— Consigo sentir você ruminando.

— Não estou ruminando — digo, enquanto continuo a ruminar.

— O que foi?

Contemplo a estrada adiante conforme nos aproximamos do território de Gancho, o que significa que, se eu virasse à esquerda em qualquer ponto da trilha, estaria indo em direção ao território fae. A atração ainda é muito real, e sua proximidade dói.

O luar beija o rosto de Darling enquanto ela me observa sob os lindos cílios fartos.

— Estou bravo com minha irmã — admito —, mas queria não estar.

Bash vem pelo outro lado de Darling e passa o braço por seus ombros.

— Ele detesta o fato de que teremos de matá-la.

— *Peraí...* vocês terão?

Darling parece sentir tanta repulsa quanto eu mediante tal perspectiva.

— Ela não vai parar enquanto estiver viva — acrescenta Bash. — Eu já aceitei. Já fiz as pazes com o universo.

— Se ao menos eu pudesse ser tão desapegado — retruco.

— É ela ou você, meu irmão. Você deveria sempre se colocar em primeiro lugar.

— Ela é nossa irmã — argumento, de cenho franzido.

— E nos traiu.

É verdade. O que eu quero mesmo é pegar Tilly pelos braços e dar-lhe um belo de um safanão até que ela volte a ser nossa querida irmãzinha, que nos admirava como se fôssemos seus heróis. E naquela época nós éramos. Teríamos feito qualquer coisa por ela. E fizemos.

— O que acontecerá com a corte fae se ela for morta? — Darling pergunta.

Bash e eu nos entreolhamos novamente.

Pois é, o que acontece? Bash diz. *Planejamos voltar ao palácio? A Darling vai ter que ficar indo e voltando de nossas casas tal e qual um filho de pais divorciados?*

Reparo na estrada e percebo que Peter Pan está prestando atenção a nós. Acho que ele não consegue mais falar nossa língua, mas às vezes suspeito de que se lembre de uma palavra ou outra.

Não farei nada para traí-lo. Disso eu tenho a mais absoluta certeza.

Quando e se chegar a hora, descobriremos o melhor jeito de gozar de todas as nossas regalias.

Claro que gozaremos. Principalmente na bocetinha da Darling.

Dou um tapão na cabeça dele, e Bash solta uma gargalhada olhando para o céu.

— Quietos — diz Peter Pan quando finalmente atravessamos para o território de Gancho.

A atmosfera muda imediatamente assim que pisamos em terra pirata. É mais caótica, mas, de certo modo, menos selvagem que no território de Pan.

Tal e qual um palhaço enfiado em um terno de três peças. É como se a energia na terra de Gancho fosse um eco do próprio homem. Ele está sempre tentando ser algo que não é. Menos pirata, mais cavalheiro. Ouvi dizer que nasceu na Inglaterra, em uma família nobre, mas não é à toa que está aqui, com uma tripulação de piratas em vez de estar vivendo de forma respeitável em seu país de origem.

O fato de que ainda precisa assimilar tal verdade talvez seja parte do motivo pelo qual ele é um cuzão de marca maior.

Seguimos em frente, esmagando os cascalhos sob as solas de nossas botas. Quanto mais nos aproximamos, mais caótica fica a energia da noite e os pelos dos meus braços ficam eriçados.

— Sentiu isso? — pergunto a ninguém em particular.

Diminuímos o passo.

— O que é isso? — Bash pergunta, perscrutando a escuridão.

— É a minha sombra — responde Pan. — Está agitada.

— O que isso significa? — Darling pergunta.

— Significa que alguém a encurralou — diz Pan.

33
PETER PAN

Desde o momento em que minha sombra cruzou o território de Gancho, não fiquei especialmente preocupado com a possibilidade de ele reivindicá-la. Sempre o considerei uma erva daninha irritante e feia que cresce no solo da Terra do Nunca. Uma erva daninha que, não importa o que eu faça, não consigo erradicar.

Ele é, ou *era*, mais um incômodo que uma ameaça.

Quando tirou Wendy de mim, minha opinião sobre ele mudou apenas *ligeiramente*. E, então, ele trocou Cherry por Smee, reforçando minha opinião.

Quem diabos negocia a própria família como refém?

Uma pequena parte de mim sempre se sentiu mal por Cherry. Forçada a aceitar a posição em que foi colocada, jogada de um lado para outro como uma folha seca presa em um redemoinho, sem a menor esperança de um dia escapar das forças inexoráveis trabalhando contra ela.

Não estou certo de que trocá-la de volta será benéfico para Cherry. Talvez nenhuma das situações seja. Ela quer Vane e agora é que não o terá mesmo. Não desde que ele encontrou um caminho para a nossa Darling.

Darling está presa a ele. Quando Vane decide que terá algo, nada nem ninguém é capaz de impedi-lo de ter o que quer.

Agora que estamos todos parados no meio da trilha que leva direto à casa de Gancho na baía, não consigo deixar de me perguntar se deveria ter me preocupado mais com ele. Ou se, pelo menos, deveria ter trazido Cherry conosco.

Ela era uma apólice de seguro, e claramente negligenciei sua utilidade.

Porque tenho quase certeza de que Gancho está em posse de minha sombra. Posso senti-la se debatendo, sua energia vibrando. Sinto pânico também... como se ela estivesse... presa, talvez?

Cruzo as mãos atrás da cabeça e começo a andar em círculos enquanto os outros ficam esperando que eu decida que merda vamos fazer. Se Gancho tem minha sombra, então sabe, sem dúvida, por que quero entrar em seu território e por que menti sobre meus motivos, para começo de conversa. E, se estiver com ela, ele a usará contra mim ou tentará reivindicá-la para si.

Será que aquele canalha pretensioso acha mesmo que pode pegar a *minha* sombra? Todo mundo está sempre tentando tirar o que é meu por direito.

— Garotos — digo, ao parar em um trecho iluminado pelo luar —, o que acham de matarmos alguns piratas?

Vane inclina a cabeça para o lado:

— Obviamente não vou perder a oportunidade de derramar sangue de pirata.

— Gancho é capaz de desmaiar só de ver o próprio sangue — Bash ri.

— Tenho outra ideia. — Olho para Vane. — Em quanto tempo consegue voar de volta para casa?

Vane encontra o objeto enfiado em uma das gavetas de minha cômoda e retorna em menos de quinze minutos. A esta altura, estamos a meio caminho da baía na extremidade da ilha pertencente a Gancho.

— É esse aqui? — Vane pergunta e me mostra o objeto, o vidro brilhando ao luar.

— Esse mesmo. — Coloco-o no bolso, junto à concha da lagoa.

— Ah, mais uma coisa que é melhor você saber — acrescenta Vane. — No caminho de volta, vi alguns piratas se esgueirando pela praia em direção à casa da árvore.

— Cacete! — Foi por isso que trouxemos a Darling conosco. Mas também não gosto de tê-la bem no meio do território pirata. É o mesmo caso de Cherry, não existe uma boa opção.

— Bash e Kas, quando chegarmos perto da casa de Gancho, quero que vocês fiquem na floresta com a nossa Darling. Vane e eu entraremos na casa. Se é lá que ele está mantendo a sombra, saberei quando estivermos perto.

Os gêmeos concordam.

— Todo mundo sabe sua posição? — pergunto.

Todos dão um aceno positivo, até mesmo a Darling. Mal posso esperar pelo fim dessa porra toda para poder enterrar meu pau nela e descarregar todo meu poder. Ela estará tremendo sob mim ao nascer do sol.

Há uma pequena cidade situada na encosta acima da baía, e a casa de Gancho jaz no topo da colina, para que ele possa dominar seu território como um rei.

A estrada se bifurca — colina acima à esquerda fica a casa de Gancho e, à direita, a estrada desemboca na cidade e na baía. Embora seja tarde, a cidade brilha intensamente como um farol no meio da noite. As vozes ecoam pela colina. Sempre ouvi dizer que a cidade de Gancho é povoada por homens e mulheres com pouca ou nenhuma perspectiva e ainda menos honra.

Seguimos à esquerda, onde sinto a vibração de minha sombra, ainda em algum lugar fora do meu alcance. Saímos da trilha no meio do caminho e nos esgueiramos pela noite.

— Esperem aqui — digo aos gêmeos. — Vou assoviar se precisar de vocês. Entendido?

Ambos confirmam que sim e posicionam Darling em meio a um arvoredo de bétulas.

— Boa sorte — Kas me deseja.

Antes de eu sair, Darling me envolve em um abraço. Sou pego desprevenido e sei que ela deve sentir a rigidez de meu corpo. Preciso de vários longos segundos para conseguir relaxar em seus braços.

— Eu vou voltar — digo a ela.

— Eu sei. — Quando me solta, Winnie olha para Vane, mas nenhum dos dois se move.

— *Nós* voltaremos — eu me corrijo e Darling assente antes de Vane e eu nos virarmos e partirmos.

Gancho está à minha espera, portanto, retornamos à trilha quando sua casa entra em nosso campo de visão. Se eu não o

A SOMBRA DA TERRA DO NUNCA

odiasse tanto, creio que apreciaria o fato de que ele construiu sua moradia com a aparência de uma grande casa de árvore.

A residência se eleva na lateral da colina entre três enormes carvalhos. Conta com várias sacadas, algumas privadas, outras compartilhadas, todas com vista para a baía. Quando nos aproximamos dos grandes degraus da entrada, sentimos o cheiro de charuto que preenche a atmosfera e avistamos vários piratas fumando reunidos ao redor de uma mesa de ferro fundido.

— E aí, começamos a matança agora? — murmura Vane.

— Melhor deixar para quando for realmente necessário.

Os piratas nos encaram inabalados, como se soubessem de algo que nós não sabemos.

A inquietação começa a crescer, pesada, em meu âmago.

Vane permanece ao meu lado conforme adentramos a morada do inimigo. Sinto minha pele se incendiar. Tenho vontade de quebrar tudo, de estraçalhar os vasos e arrebentar as luminárias no chão. Já me esqueci de como começou minha guerra com o Capitão Gancho, mas acho que nem importa mais, porque o ódio é tão vívido que, em alguns dias, ele parece ser uma criatura que respira e tem vida própria.

Eu detesto o homem e tudo o que ele defende com todas as minhas forças.

— Para que lado? — Vane pergunta, ainda num sussurro.

Tento me livrar da sensação de que estamos entrando em uma armadilha e vou para a esquerda.

Minha sombra está tão perto agora... posso sentir seu poder causando uma disrupção no ar, como uma tempestade elétrica.

— Quais são as chances de entrarmos e sairmos sem que ninguém perceba? — pergunta Vane.

— Suspeito que...

— *Peter Pan.*

Meus pelos se arrepiam. Meus dentes rangem.

O som da voz de Gancho é como uma lixa raspando os nós de meus dedos. Cada músculo do meu corpo fica tenso.

— Eu te asseguro, *seu* Garoto Perdido não está em minha casa.

Gancho desce a grande escadaria com as mãos para trás. Está usando uma daquelas casacas ridículas com bordados dourados ao redor da gola e na lapela. Pelo menos, ele substituiu aqueles meiões e sapatos de fivelas grotescos por calças mais práticas e botas de couro.

— Acho que nós dois sabemos que não estou procurando um Garoto Perdido — respondo.

Capitão Gancho sorri para mim, mostrando os dentes brancos e brilhantes.

Ele emana essa energia que é parte ego, parte indolência. E se acha melhor que eu, mas não passa de um homem com tantas franquezas que eu teria de me sentar para listar todas elas.

Ele não é melhor que eu.

É possivelmente mais ambicioso, todavia.

— Onde ela está? — Dou uma olhada geral pela casa. De onde estou, só consigo ver o saguão de entrada, parte da sala de estar e um grande corredor à minha esquerda que leva ao que parece ser uma biblioteca. Se já estive dentro desta casa antes, não me lembro.

— Ela quem? — O Capitão para no último degrau e traz as mãos para a frente, o gancho na dianteira. O metal reluz ao ser iluminado. É difícil não olhar quando fui um dos responsáveis por ele precisar do instrumento.

Disso, sim, eu me lembro. Lembro-me do jeito como Gancho gritou à visão do próprio sangue. De como o Crocodilo passou o dedo pelo líquido carmesim e, então, arrastou a língua por toda a extensão do dedo, limpando cada gota de sangue.

Lembro-me de como Gancho desmaiou depois disso e o Crocodilo gargalhou, como se tudo não passasse de uma grande piada.

Aquele filho da puta é mais assustador que Vane.

Eu o admiro na mesma medida em que o temo.

Capitão Gancho, no entanto, tem ainda mais medo dele, e pretendo usar isso a meu favor.

— Vou perguntar só mais uma vez, James. Onde está a porra da minha sombra?

Gancho contrai o maxilar ao me olhar com desdém, empinando o nariz aristocrático.

— Já te disse, eu não sei. Além do mais, não está faltando alguém em sua comitiva? Cadê Cherry?

Sua voz o trai ao dizer o nome da irmã, e ele recua ao ouvir as próprias palavras, tentando disfarçar a emoção que ameaça transparecer em seu rosto.

Minha sombra está cada vez mais frenética. Onde quer que esteja, sem dúvida está aprisionada. Sei que está por perto. Mas não perto o bastante.

Saio correndo para a esquerda, rumo à biblioteca, e é então que uma arma é disparada.

A bala de mosquete estilhaça parte do batente de madeira ao redor das portas duplas. Paro onde estou.

— Eu não daria nem mais um passo se fosse você — Gancho avisa.

Lentamente, eu me viro para dar de cara com Smee atrás de Vane, apontando uma arma para sua nuca. Ele está cerrando os dentes, e o olho violeta já ficou preto. Há mais alguns piratas atrás de Smee, todos com armas nas mãos.

Vane e eu somos capazes de dar conta de Smee e Gancho sem problemas. Acho até que conseguimos lidar com alguns piratas de brinde.

Encontro o olhar de Vane e tento avaliar seu interesse em liberar a sombra e deixá-la à vontade para fazer o que faz de melhor.

Ele está praticamente tremendo com o esforço de mantê-la sob rédeas curtas.

Dou-lhe um aceno quase imperceptível, mas, bem quando o Sombrio aparece para brincar, a rainha fae irrompe porta adentro com as garras em nossa Darling.

34
PETER PAN

OS GÊMEOS PARECEM ESTAR CHAPADOS, OLHARES PERDIDOS e vidrados. Levo um segundo para perceber que estão presos em uma ilusão.

Darling, no entanto, está bem coerente, aguentando as longas unhas de Tilly enroscadas em seus cabelos, a mão da fada aberta agarrando o topo de sua cabeça. Eu levanto os braços.

— Está bem. Vocês me pegaram. E, agora, o que pretendem fazer comigo?

Não estou nem aí. Só preciso ganhar tempo.

— O que pretendemos fazer? — Tilly ri. — Queremos você morto. Portanto, considere-se convidado para o seu funeral.

— Espere — intervém Gancho, entredentes. — Preciso saber como reivindicar a sombra antes de você acabar com ele.

— Não se preocupe, Capitão Gancho. Tenho certeza de que daremos um jeito.

— Tilly, você sempre foi orgulhosa demais para o seu próprio bem — digo.

Ela está cercada por vários guerreiros fae, todos eles vestindo o traje negro de batalha da corte, equipados com ombreiras e cotoveleiras de plaquetas de couro reticulado e bordado com fios iridescentes.

— Caprichou nas roupas, hein?! — provoco. — Conte para mim, você engraxa suas botas antes de cada batalha, para deixá-las brilhantes assim?

Tilly aperta os lábios no mesmo instante em que a sala treme ao meu redor.

— Sei o que está fazendo — eu a previno à medida que a escuridão começa a se espalhar e o ar ganha um cheiro de terra molhada. — Suas ilusões não funcionarão comigo.

Tilly luta contra mim e minha mente por mais meio minuto antes de desistir e bufar:

— Muito bem. Matem-no.

— Espere! — Gancho se coloca entre nós dois. — Minha irmã. Eles não a trouxeram.

— É com isso que está preocupado? Você tem noção de que esses dois aqui são meus irmãos? Estou literalmente arriscando a vida deles por esse golpe, e você está aí, preocupado com a sua irmã que há anos está vivendo com Peter Pan?

As narinas de Gancho inflam conforme inspira, e ele procura se controlar.

— Só gostaria de alguma prova de que ela está bem ou de que está por perto. E se eles fizeram alguma coisa com ela? Ou se a esconderam? Como poderei encontrá-la?

— E então? — Tilly me pergunta. — O que vocês fizeram com Cherry?

Com certeza vale a pena o blefe.

— Creio que vocês só descobrirão por cima do meu cadáver, né?

A SOMBRA DA TERRA DO NUNCA

A rainha dos fae aperta Darling com mais violência, e Winnie não consegue conter um gemido de dor, a aflição marcando as linhas finas ao redor de seus olhos. Sinto meu coração afundar.

— Pare! — Avanço, mas paraliso quando os piratas erguem suas armas e os fae apontam seus arcos.

Tilly continua torturando Darling.

— Responda para acabarmos logo com isso.

Meu olhar encontra o do Capitão Gancho. Não quero ver nenhum tipo de emoção em sua fisionomia. Ele não parecia se importar nem um pouco com Cherry quando a trocou por Smee.

Mas isso foi no passado.

Aqui e agora, ele está morrendo de medo de que lhe tenhamos feito algum mal. Talvez, lá no fundo, sempre soube que poderia recuperá-la se ela estivesse em nossa casa. Agora, ele não sabe no que acreditar e não tem como saber a verdade.

Agora, estou contente por tê-la deixado para trás.

— Por favor — pede Gancho.

Não gosto de me sentir coagido por algo tão humano quanto empatia.

O desespero na expressão de Gancho quase me faz mudar de ideia.

Quase.

— Ela está em um caixão de metal no fundo do oceano.

— Não! — Gancho grita e avança com tudo para cima de mim.

35

PETER PAN

Eis a distração de que precisávamos.

Enquanto Capitão Gancho vem para cima de mim, Vane voa na direção de Winnie e Tilly. O Sombrio sempre foi rápido, mas é ainda mais veloz quando a Darling está em perigo.

Antes mesmo que Tilly entenda o que está acontecendo, Winnie já está nos braços de Vane.

Ótimo.

Gancho se atraca comigo e me deixo ser arrastado através da porta da biblioteca.

Onde quer que esteja, minha sombra pressente minha presença e estremece.

Gritos ecoam da sala ao lado e começa um tiroteio.

Um instante antes de Gancho me atirar no sofá, avisto os gêmeos de pé, dizimando os guerreiros fae com nada além dos próprios punhos.

Gancho e eu rolamos no chão, mas, logo em seguida, ele se levanta e paira sobre mim, olhos esbugalhados, os lábios contraídos num esgar de raiva.

Eu tenho um mau temperamento, mas o de Gancho é lendário.

Ele me agarra pela garganta e desfere um golpe com seu gancho, que talha um corte em meu rosto. Começo a sangrar imediatamente. Ele me estrangula com mais força, e eu perco o fôlego com um suspiro que chega a levantar um fio de cabelo colado na cara ensopada de suor do Capitão.

— Como você pôde?! — ele berra.

— Ela... esperneou... e gritou... o tempo todo.

Ele fica ainda mais puto e enfia o gancho na lateral de meu corpo, perfurando minha carne com a ponta afiada. A dor é lancinante, mas estou mais focado do que nunca, e Gancho está perdendo a cabeça.

Enfio a mão no bolso da minha calça e pego um relógio.

O Capitão penetra ainda mais seu gancho, e a dor perfurante me atinge até os ossos, enchendo meus olhos de lágrimas.

Sem conseguir ver o que estou fazendo, vou tateando até sentir o pino lateral do relógio e o aperto.

Tique-taque.

Gancho leva um susto.

Tique-taque. Tique-taque.

O mais puro terror assoma à sua face.

— Não... — ele diz num gemido sufocado. — *Ele está aqui.*

Tique-taque. Tique-taque. Tique...

O Capitão cambaleia para trás, agarrando o gancho junto ao peito.

— Não, não, não.

O sangue escorre de meu ferimento e encharca minha camiseta. Coloco-me de pé com certa dificuldade e esquadrinho o cômodo. Minha sombra está aqui em algum lugar. Posso sentir.

Capitão Gancho recua até um canto da sala e afunda até se encolher no chão, protegendo a cabeça com os braços. Caralho, é tão fácil.

No outro salão, Kas espanca um dos piratas com um busto de mármore, espirrando sangue por todo lado. Tilly circula Bash, batendo as asas que brilham num tom intenso de escarlate.

Vane e Darling estão completamente fora de vista.

Começo a abrir e revirar todos os armários ao pé de cada uma das prateleiras de livros e encontro um baú retangular dentro do terceiro. O baú começa a se sacudir quando me agacho ao seu lado.

— Aí está você, sua vagabunda.

O baú chacoalha mais uma vez.

Agarro uma das alças de couro e o puxo para fora, então pego a concha só por garantia.

— Aqui vamos nós, porra! Não se atreva a fugir de mim de novo.

Destravo o trinco.

WINNIE

Estou voando. E agarrada a Vane, que me abraça forte contra a linha sólida de seu corpo.

— Não olhe para baixo, Darling — ele avisa, elevando a voz para falar mais alto que o vento.

Não sei a que velocidade estamos indo, mas parece ser mais rápido que um jato.

Não tenho opção a não ser me agarrar a ele e manter meus olhos bem fechados. Ainda não estou pronta para este nível de magia: voar entre as nuvens sem nada abaixo de mim.

Talvez um dia, mas não hoje.

Vane nos aterrissa ao lado dos restos da fogueira apagada. A casa diante de nós está silenciosa, mas sombras deslizam diante das janelas.

— Piratas — ele grunhe.

— O que vamos fazer?

— *Nós* não vamos fazer nada. *Eu* vou matar os cretinos.

Ele pega minha mão e nos esgueiramos pelo quintal dos fundos, então subimos as escadas e atravessamos a sacada. Vane se move silenciosamente, confiante, como alguém habituado a se mover entre as sombras, planejando assassinatos ao longo do caminho.

Cautelosamente, abre a porta da sacada e entramos na casa.

Encontramos o primeiro pirata na sala de jantar, e Vane agarra o sujeito pelos braços, deixando sua escuridão fluir e penetrar em sua pele. O homem convulsiona nas mãos de Vane, fazendo escapar um lamento estrangulado.

Seu companheiro escuta e vem correndo para cima de mim.

Eu grito e saio em disparada enquanto ele tenta me pegar com aquelas mãos enormes.

— Darling! — Vane brada meu nome, largando o corsário que acabara de dominar.

Dou uma bela de uma trombada na ilha da cozinha, e o pirata avança sobre mim. Ele não tem um dente da frente, seu cabelo está desgrenhado e seboso, e ele fede como quem não toma banho há mais de um mês.

— Vem aqui! — Ele me come com os olhos e tenta me pegar, mas consigo desviar, correndo ao redor da ilha. Aproveito para apanhar uma faca no bloco sobre o balcão.

O salafrário me encurrala e eu não penso, simplesmente reajo e desfiro uma facada.

Somente quando sinto o líquido quente e pegajoso escorrendo por meus braços que me dou conta de que atingi um órgão vital. O homem arregala os olhos e o sangue começa a escorrer de sua boca, quando ele tosse, já sem forças.

— Saia de cima de mim, seu cretino — digo, empurrando-o para longe.

Ele cambaleia para trás, tombando completamente atordoado, bem quando Vane nos alcança.

— Excelente, Darling.

Só por Deus... devo ser mesmo uma criatura corrompida, porque ouvir seu elogio após um assassinato me deixa radiante.

— Cuidado! — Outro pirata surge atrás de Vane. Jogo a faca para ele, que a agarra no ar sem o menor esforço. Acomodando a lâmina na mão, ele se vira e dá uma punhalada. Uma, duas, três vezes. Tantas vezes que paro de contar. *Boom, boom, boom.*

Sangue espirra e jorra como um gêiser conforme o homem despenca.

Vane se vira para mim, coberto de sangue.

Cacete. Cacete, como ele é divino.

— Você está bem?

— Sim, estou. — Ele vem até mim e levanta meus braços, examina meu tronco e, então, meu pescoço. — Já disse que estou bem.

— Mas por pouco. — Ele contrai a mandíbula.

— Você precisa voltar. — Ele cerra os dentes ao meu lembrete. — Vá. Peter Pan precisa de você.

— Então vá para a tumba dele. Tranque a porta. Prometa.

Duas linhas vincam o espaço entre suas sobrancelhas escuras.

— Eu prometo.

Ele dá um aceno de cabeça e se vira. Mas então...

Avança de volta para mim, agarra meu queixo e me beija com ímpeto. Deixa escapar um suspiro de satisfação e então me beija de novo, e batemos contra a parede mais próxima.

É oficial. Tenho problemas mentais. Porque estou coberta de sangue e Vane está coberto de sangue e há cadáveres de piratas espalhados pelo chão e tudo em que consigo pensar é nas mãos de Vane em meu corpo. Estou bem ansiosa, com o coração acelerado.

Mas não.

Não.

Eu o empurro, e ele rosna para mim.

— Caia fora daqui e vá ajudar Pan.

Ele contrai o lábio.

— E você, para a tumba. Agora.

— Estou indo.

Vane dispara porta afora e imediatamente alça voo.

E, como sempre cumpro minhas promessas, cruzo o loft, passo pela Árvore do Nunca e...

— Winnie?

A voz fraca de Cherry me pega desprevenida, e meu coração vai parar na garganta.

— Caramba, Cherry. Você me assustou.

— Desculpe.

— O que está fazendo aqui? Você está bem?

Ela passa a língua nos lábios.

— Então, você e o Vane?

Ai, droga.

— Hummm...

— Tudo bem. Eu sabia que nunca ia dar certo com ele. Quer dizer, eu tentei por tanto tempo. E depois você chegou. Claro que ele ia te escolher em vez de mim.

— Cherry, eu...

— Está tudo bem.

Só que ela não parece nada bem.

— Sinto muito, mesmo.

— Eu sei. — Ela pisca e passa um dedo pelo olho, enxugando uma lágrima. — Ei, pode me ajudar com uma coisa? Ouvi um barulho no meu quarto.

— Oh, não. Deve ser outro pirata. É melhor irmos para...

— Não, só vi esses três — diz Cherry. — Acho que é um dos periquitos. Acho que ficou preso no meu quarto. Pode me ajudar a pegá-lo?

Olho para ela e, então, para o corredor que leva à tumba de Peter Pan. Só vai levar um minuto, né? E me sinto tão mal por Cherry. Se ela está pedindo minha ajuda, sinto que é o mínimo que posso fazer.

— Tudo bem. Mas bem depressa, e então vamos para a tumba de Peter Pan.

— Claro — ela diz e me segue escadas abaixo até seu quarto.

— Vai ser bem rapidinho.

37
PETER PAN

TILLY ME ATACA PELAS COSTAS, E A TAMPA DO BAÚ SE escancara, dando à minha sombra a oportunidade de escapar como um raio.

Filha da puta do caralho.

A rainha fae me dá uma facada e eu perco o ar.

— Seu tempo acabou, Rei do Nunca — ela diz com os dentes cerrados. Ela é facilmente trinta centímetros mais baixa que eu, mas subestimei sua força.

A lâmina atinge o osso, e minha visão fica branca.

— Bash! — grito. — Kas!

Tilly estreita os olhos e a sala começa a desaparecer. Estou de volta à lagoa, mas a água é escura e as árvores estão mortas.

— Não — digo e tento nadar de volta para a realidade.

Tilly, porém, coloca a mão em minha testa e me empurra de volta.

O céu escurece e o vento fica mais forte.

Esta é a Terra do Nunca que me apavora. Uma que não tem sombra nem rei.

Seguro o punho de Tilly e o contato me traz à realidade, pouco a pouco.

— Você me traiu — eu lhe digo. — Exatamente como a maldita da sua mãe.

Ela grita para mim e enterra a lâmina mais fundo. Começo a tossir sangue.

— Dê a concha para mim! — Vane grita, e fico tão aliviado ao vê-lo que quase choro.

Pego a concha em meu bolso e jogo para ele.

Vane a segura no alto, e minha sombra fica imóvel no canto mais extremo da biblioteca.

Tilly arranca a faca de minhas entranhas e dispara na direção de Vane, mas é detida por seus irmãos, que entram correndo.

Minha sombra salta do canto e desaparece dentro da concha.

Vane se vira e arremessa a concha de volta para mim.

Quando a agarro, imediatamente sinto meu braço vibrando com a energia da conexão.

Jogo a concha no chão, esmago-a com minha bota e, então, fico de quatro sobre ela.

E minha sombra finalmente volta para casa.

38
BASH

Nossa querida irmã assiste por um segundo a Pan reivindicando sua sombra e, então, pula da janela mais próxima.

Nunca pensei que veria a rainha dos fae fugindo com o rabinho entre as pernas. Mas, caramba, como é bom ver nossa irmã ser passada para trás.

Estou coberto de sangue pirata e de sangue fae, e o sangue fae brilha quando exposto à claridade.

Não sei como me sinto lutando contra meu próprio povo, mas é melhor eu dar um jeito de lidar logo com isso se vou destronar minha irmã.

Pan ainda está de quatro, respirando com dificuldade, as costas arqueadas.

O ar vibra ao seu redor.

Não me lembro dele com sua sombra. Foi bem antes do meu tempo.

Não me surpreende, no entanto, que a diferença entre Peter Pan com sua sombra e Peter Pan sem ela seja a mesma existente entre um dia ensolarado e um dia chuvoso.

É uma energia que percorre meus braços e desce por minha espinha.

Sinto uma súbita urgência de me ajoelhar.

Lembro que senti a mesma emoção quando nosso pai envergou seu traje formal da corte num solstício fae.

Algo maior que eu. Algo indescritivelmente mágico.

Quando Pan lentamente começa a se colocar de pé, perco o fôlego.

Caraaaaaalho.

Ele tem a mesma cara de sempre, a mesma altura, o mesmo tamanho, mas, ainda assim, parece maior.

Meus braços se arrepiam. Os pelos da minha nuca ficam eriçados.

Agora sei que escolhi o lado certo.

Peter Pan é assustador pra caralho quando está num dia bom. E agora que está com sua sombra?

Sempre correram burburinhos na ilha de que ele é um deus. Ninguém sabe de onde ele veio, nem ele mesmo.

Acho que agora acredito nos rumores. Agora acho que eles podem ser verdadeiros.

Antes de me dar conta do que estou fazendo, ajoelho-me. E meu irmão se ajoelha ao meu lado; atrás de nós, Gancho ainda se acovarda em posição fetal.

— Que diabos estamos fazendo? — Kas sussurra.

— Nem a pau que eu sei.

— Se você pensa que vou te reverenciar — diz Vane —, pode tirar seu cavalinho da chuva.

— Levantem-se — Pan nos diz.

Kas e eu nos levantamos, e Pan se aproxima. Tento não me encolher como um desgraçado medroso. Sou um rei por direito. Não tenho que ficar submisso a porra nenhuma.

A SOMBRA DA TERRA DO NUNCA

Tenho, entretanto, de recalibrar o que penso que sei sobre Peter Pan agora que ele recuperou sua sombra.

— Obrigado — Pan nos diz, e posso jurar que seus olhos estão mais brilhantes que de costume.

— Fizemos nossa escolha — diz Kas e eu concordo.

Pan coloca uma das mãos no meu ombro e a outra no ombro de meu irmão, apertando levemente. Em seguida, vai até Gancho e o levanta agarrando-o pelo pescoço.

— Cacete — Gancho grunhe.

— Você é um homem que pode fazer as próprias escolhas — diz Pan. — Mas, se escolher ficar contra mim, escolherá errado.

O rosto de Gancho fica vermelho conforme ele luta para respirar.

— Ajude-me a... enfrentar... o Crocodilo e... temos um acordo.

— Isso não é uma negociação.

— Valia a... pena... tentar....

Peter Pan olha para Vane, que dá de ombros.

— Vou pensar no seu caso.

E, então, joga Gancho no chão. Ele cai como se fosse um saco de ossos, tosse e gagueja:

— E quanto a Cherry?

— Ela estava em nossa casa o tempo todo — respondo com zombaria. — Pelo jeito, você não é um bom jogador de pôquer.

— Seus desgraçados.

— Contente-se por ela estar viva — diz Pan ao se dirigir à porta. — Venham — ele nos chama. — Tenho uma Darling me esperando em casa.

— Todos nós temos. — Faço questão de lembrá-lo.

Peter Pan me encara e preciso suprimir um calafrio.

— Sim — ele concorda. — Vamos para casa, para a nossa Darling.

39

CHERRY

Minhas mãos estão tão pegajosas que preciso secá-las o tempo todo na minha calça conforme Winnie desce as escadas.

O que estou fazendo?

Talvez eu deva impedi-la. Afinal, ela se desculpou.

Mas a imagem dela com Vane na floresta não sai da minha cabeça, e a visão dos dois juntos me dá vontade de gritar, espernear e vomitar.

Dói tanto que tenho a impressão de que vou morrer.

Melhor Winnie do que eu. Não era tão ruim antes da chegada dela. Os gêmeos de vez em quando me dividiam e, vez ou outra, eu flagrava Vane me olhando como se fosse me devorar.

Quero isso de volta.

Tudo mudou por causa dela.

Seguimos pelo corredor até a porta fechada de meu quarto.

— Aqui — digo, mas minha voz falha. — Deixe comigo.

Winnie me olha desconfiada, mas dá um passo para o lado.

Não consigo respirar.

Viro a maçaneta e escancaro a porta.

Ela para junto à soleira.

E eu a empurro lá para dentro.

— *Ei*! Cherry!

Então, fecho a porta com tudo atrás dela e agarro a maçaneta com toda minha força, jogando meu peso para trás.

— Cherry! — ela grita, sacudindo a maçaneta, tentando abrir a porta. Cerro os dentes e fecho os olhos. Não posso fazer isso. *Posso*, sim. Tenho que fazer. Quem liga para a Darling? Tantas outras já passaram por aqui. Eles vão se esquecer dela mais cedo ou mais tarde, assim como se esqueceram de todas as outras.

— Cherry!

A voz dela está esganiçada de pânico. Ouço um rosnado.

— Ai, meu Deus. Cherry. Abra a porta.

Winnie grita. Ouço um baque contra a parede.

Continuo segurando a porta fechada. Só mais um pouco.

— Cherry! Por favor!

Então, escuto um grunhido alto e o barulho de vidro se quebrando.

Meus olhos se enchem de lágrimas, meu coração dispara, meus ouvidos latejam.

E então...

Silêncio.

Continuo segurando a porta fechada.

Estou morrendo de medo de abrir.

Será que a sombra vai simplesmente passar voando por mim? Será que preciso me preocupar? Será que vai ter sangue? O que será que restou de Winnie?

Talvez seja melhor eu simplesmente sair de fininho...

Uma estranha claridade reluz pelo vão abaixo da porta.

Uma sombra se estica nessa luz.

A SOMBRA DA TERRA DO NUNCA

Mas o quê...

Eu me endireito, seco as mãos de novo na minha calça e, então, agarro a maçaneta mais uma vez, completamente trêmula.

Minha camiseta chega a vibrar, de tão disparado que está meu coração.

Viro a maçaneta e abro a porta.

A madeira range nas dobradiças. Vejo Winnie no meio do meu quarto, de pé em meio aos destroços de todas as minhas coisas favoritas.

Está de costas para mim.

— Winnie?

Ela não diz nada.

Lambo meus lábios e respiro fundo.

— Winnie?

Ela se vira lentamente em minha direção.

Estou praticamente em frenesi.

E, quando ela finalmente ergue o queixo e me encara...

Seus olhos são dois buracos negros.

AGRADECIMENTOS

A série "Vicious Lost Boys" não teria sido possível sem a ajuda de vários leitores.

Creio que todos podemos concordar que a maneira como os povos nativos foram retratados na obra original é bastante problemática. Quando me propus a recontar a história de Peter Pan, era importante, para mim, manter a presença dos nativos na ilha, mas era crucial fazê-lo da maneira correta.

Tenho de agradecer à sensibilidade de diversos leitores que me ajudaram a retratar os gêmeos e a história de seus familiares na série de um modo acurado e respeitoso para com as culturas nativas, mesmo que os gêmeos residam em um mundo de fantasia.

Portanto, quero agradecer imensamente a Cassandra Hinojosa, DeLane Chapman, Kylee Hoffman e Holly Senn. O auxílio de vocês foi e continua sendo extremamente útil e eu lhes sou muito grata!

Quaisquer erros ou imprecisões remanescentes neste livro cabem inteiramente a mim.